香港兒童文學名家精選 **韋婭**

鼻尖上的
小飛蟲

新雅文化事業有限公司
www.sunya.com.hk

香港兒童文學名家精選

鼻尖上的小飛蟲

作　　　者：韋婭
插　　　畫：陳巧媚
策劃編輯：甄艷慈
責任編輯：曹文姬
設計製作：李成宇
出　　　版：新雅文化事業有限公司
　　　　　　香港英皇道499號北角工業大廈18樓
　　　　　　電話：　(852) 2138 7998
　　　　　　傳真：　(852) 2597 4003
　　　　　　網址：http://www.sunya.com.hk
　　　　　　電郵：marketing@sunya.com.hk
發　　　行：香港聯合書刊物流有限公司
　　　　　　香港新界大埔汀麗路36號中華商務印刷大廈3字樓
　　　　　　電話：　(852) 2150 2100　　傳真：　(852) 2407 3062
　　　　　　電郵：info@suplogistics.com.hk
印　　　刷：中華商務彩色印刷有限公司
　　　　　　香港新界大埔汀麗路36號
版　　　次：二〇一三年七月初版
　　　　　　10 9 8 7 6 5 4 3 2 1

ISBN: 978-962-08-5909-0
© 2013 Sun Ya Publications (HK) Ltd.
18/F, North Point Industrial Building, 499 King's Road, Hong Kong.
Published and printed in Hong Kong

目錄

出版緣起

冰心説：「必須要有一顆熱愛兒童的心，慈母的心。」兒童是社會的未來，每一位成年人，都有責任關心兒童的健康成長。而優秀的兒童文學作品，正是兒童健康成長不可缺少的精神食糧。它們蘊含着真、善、美，能真切地反映兒童的心聲，能帶給兒童歡樂和有益的啟示，能鼓勵兒童積極向上，奮發進取。

回顧香港兒童文學的發展，由20世紀30年代香港兒童文學的開始萌芽，到21世紀的今天，有許多兒童文學作家一直在為香港兒童文學的繁榮辛勤地耕耘着。他們當中，既有從內地南來的作家，也有土生土長的作家；當中有不少文壇長青樹，也有很多新晉的年輕作家。這些作家為香港兒童創作了一批又一批的優秀作品，為香港兒童文學創作的發展作出巨大貢獻。

本公司一向致力於為兒童提供優質讀物，藉踏入50周年新里程之際，我們希望更廣泛地推出各種有益兒童身心的圖書，尤其是本土兒童文學作品，因此策劃出版《香港兒童文學名家精選》叢書。

本叢書是由各位作家在其已出版的著作中，精選出曾獲過獎，或是能代表其創作風格的作品結集成書。體裁包括童話、童詩、生活故事、兒童小説、科幻故事、幻想小説、散文等。作品展示了上世紀50年代至本世紀初香港少年兒童的精神面貌和社會風情，曾在讀者中產生過重大影響，並經得起時間的洗禮。

何紫先生曾說過：「倘若我們不從小培養小孩子閱讀的興趣，他們又怎能建立鞏固的語文基礎？」其實，我們不僅關注培養小孩子的閱讀興趣，提高他們的語文能力，我們更希望藉由優秀的兒童圖書，把愛心、善良、孝順、正直、勤奮、樂觀、堅強、關懷、謙虛、公義等種子植播於孩子的心田。叢書裏的作品既文字優美，更是充滿着真善美的人文關懷。

是次出版，我們挑選了在香港兒童文學創作上卓有成就的作家。我們希望由此而為當代少年兒童提供優質的讀物，也為香港兒童文學創作的研究留下具時代意義的印記，更由此表達本公司對兒童文學作家的由衷敬意。

本叢書能得以順利出版，全賴各位作家的鼎力支持。此外，特別感謝阿濃先生為本叢書撰寫總序，感謝謝錫金教授和羅淑君女士撰文推薦。

為了令讀者對各位作家有更多的認識，叢書還特地設有「作家訪談」，讀者可以由此了解各位作家如何走上文學創作之路、他們對兒童文學的見解等。

叢書後設有每位作家「主要的兒童文學原創作品」資料和獲獎資料，旨在為香港兒童文學的原創生態留下史料，並為讀者提供廣泛閱讀的書目。

在孩子心裏埋下愛、美、善的種子

阿濃

兒童文學是文學中最難搞的一門。

所有優秀文學作品要具備的條件，兒童文學都要具備。

但兒童文學的用字用詞有限制，宜淺不宜深。兒童文學的造句有講究，宜短不宜長。兒童文學的表達有要求，宜明白曉暢，不宜過分含蓄艱深。對許多作家來說，就是淺不起來，短不起來，明白不起來。他們做不到，不想做，甚至不屑做。

兒童文學的內容要純淨，像高山絕頂的雪，容不得絲毫污染。因為它是給我們純潔天真的小寶貝的精神食糧，其品質要求更甚於物質食糧的奶粉。但純淨不等於淡而無味，它芬芳，有大自然的氣息；它甜美，如地上樹上藤蔓上的果實；它富於營養，又容易吸收。這就對兒童文學作家個人的品質有了要求，兒童文學作家能標籤為 organic，他的作品才屬於 organic。

許多做父母的都知道餵孩子吃東西是一件苦差，想孩子接受我們為他們而寫的作品，同樣是強迫不來的。兒童文學作家要有十八般武藝，施展渾身解數，令他們笑，使他們覺得有趣，利用他們的好奇，刺激他們思考，引發他們感動，其實是很吃力的。

要成為一個成功的兒童文學作家，他首先要懂孩子的心，那

就需要他自己有一顆童心。他同樣愛吃、愛玩、愛笑、愛哭、愛熱鬧、好奇、愛問為什麼。他同樣愛幻想，不受拘束、仁慈慷慨、視眾生平等。一顆赤子之心，試問在這烏煙瘴氣的世界裏多少人還能擁有？

優秀的兒童文學作家是如此難得，但社會（包括文學界、出版界）對他們又有多重視呢？寫書給孩子看被視為「小兒科」，大家對小兒科醫生十分尊重，對成人文學作家與兒童文學作家之比卻視為大學教授與幼稚園教師之比，使不少兒童文學作家不想擁有這個名號。同樣反映在版稅方面，兒童書的版稅普遍低於成人書，這也使兒童文學作家氣餒。

幸運地，香港還是出現了一批可愛可敬的兒童文學作家，多年來他們創作了豐盛的兒童文學作品。出版了大量的書籍，也被選作課文。在成千上萬的孩子心中，埋下了愛、美、善、關懷、正直、公義、勤奮……的種子，使我們的下一代有普遍的好品質好表現。這是兒童文學作家們最堪告慰的。

作為香港兒童讀物出版重鎮的新雅文化事業有限公司，1991年不惜工本，編印了《香港兒童文學作家系列》，邀請最出色的兒童書插畫家繪圖，硬皮精印，成為香港兒童文學的里程碑。21年後，新雅再次出版一套《香港兒童文學名家精選》叢書，為當代少年兒童提供最好的精神食糧，為研究香港兒童文學留下有價值的資料，同時向香港的兒童文學家們致敬，可謂意義重大。

祝願香港出現更多出色的兒童文學作家，祝願他們的地位獲得提升，祝願他們寫出更多更精彩的作品。

優秀的兒童文學作品歷久不衰

　　要想兒童喜歡閱讀，必須要有大量有趣的，能引起他們的閱讀意慾的優質讀物。我很高興地看到，雖然有人說香港是文化沙漠，但仍有不少兒童文學作家在勤奮地為兒童寫作，各家兒童圖書出版公司每年也為兒童提供大批印製精美的讀物。

　　2012 年香港書展，香港規模最大、歷史最悠久的兒童圖書出版社——新雅文化事業有限公司，推出《香港兒童文學名家精選》叢書，精選一批對本港兒童文學卓有建樹的著名作家的作品，為香港兒童提供最好的精神食糧。十位作家包括：黃慶雲、何紫、劉惠瓊、阿濃、嚴吳嬋霞、何巧嬋、東瑞、宋詒瑞、馬翠蘿和周蜜蜜。叢書出版後獲得了熱烈回響，不但得到讀者廣泛好評，而且其中五冊圖書獲得 2012 年的冰心兒童圖書獎。

　　2013 年，新雅再精選十位兒童文學作家的作品，於香港書展推出第二輯《香港兒童文學名家精選》叢書。十位作家包括：陳華英、潘金英、潘明珠、君比、韋婭、黃虹堅、胡燕青、金力明、劉素儀和孫慧玲。

　　二十位作家的作品，展示了上世紀五十年代至本世紀初香港少

年兒童的精神面貌和社會風情,從不同層面刻劃了香港兒童的成長足跡,以及他們成長中所遇到的困擾。

和現在相比,上世紀的兒童生活和現今的兒童生活有着很大的差別,他們的生活遠比現在的兒童困苦。但是兒童的心性是相通的,他們的歡樂和煩惱,無一不是當今香港兒童所常遇到的;而他們面對挫折而表現出的勇氣和智慧,又給當今的少年兒童提供了有益的啟示和學習榜樣。

優秀的兒童文學作品影響力歷久不衰,本叢書正好印證了這一點。

我誠意向各位關心兒童健康成長的家長和教師推薦這套有益兒童身心的優質圖書,也藉此向各位辛勤耕耘的兒童文學作家表示敬意。

謝錫金
香港大學教育學院教授
香港大學中文教育研究中心總監
全球學生閱讀能力進展研究計劃
(PIRLS)- 國際 (香港) 委員

向陪伴兒童成長的文學作家致敬

收到新雅的邀請，為這套《香港兒童文學名家精選》寫推薦序，實在有點兒受寵若驚。為的是叢書內網羅了香港差不多半世紀內鼎鼎大名、優秀的兒童文學作家。其中黃慶雲（雲姐姐、雲姨）更在1938年曾到本會位於香港大學馬鑑教授的西營盤宿舍樓下的會所為街童講故事，她是推動本港兒童閱讀的先行者。

《香港兒童文學名家精選》內的作家都是香港兒童文學上的中流砥柱，他們的著作吸引了無數的讀者，深受新一代歡迎。在本港推動閱讀文化的各項活動中，鮮不包括他們的作品。

雲姨是全球知名的兒童文學家；周蜜蜜是雲姨的女兒，以香港兒童成長為題，對兒童成長經歷的過程有細膩深刻的認識；何紫先生將不同年代的童年呈現，伴隨香港的成長，閱讀他的童話就像閱讀香港不同年代的社會發展；東瑞的故事，天馬行空、科幻、出人意表的情節啟迪兒童對未來的好奇，跨越常規的突破和創意；馬翠蘿對人際關係的敏銳描述，是小學生最喜愛的作家；阿濃讓跨代爺孫親切之情、愛護環境等浮現於故事情節中；何巧嬋校長以童話手法寫香港孩子的生活，希望小讀者能跳出眼前的局限；劉惠瓊姐姐透過動物故事，將兒童成長責任中的困惑、與朋友的交往娓娓道來；嚴吳嬋霞女士的作品描述了兒童的純真。

陳華英的作品希望帶給兒童歡樂、希望和幻想的空間；潘金英、

潘明珠姊妹倆的兒童戲劇清新有趣；君比的作品反映了今日香港少年兒童所遇到的家庭問題和困惑；韋婭的幻想小説想像新奇；黃虹堅的成長小説教導小朋友當遇到家庭巨變時，他們應採取何種生活態度；胡燕青的童詩文字淺白，生活氣息濃厚；金力明的童話寓意深刻；劉素儀的科幻故事充滿幻想成分，主題卻是批判現代人的好戰；孫慧玲的小説寫出逆境中的少年如何自強。

　　優良的圖書和故事作品，會令培育兒童愛上閱讀變得輕易而舉。

　　如果説多運動能令兒童體格強壯，多閱讀則令兒童心智豐盛。小學階段，兒童從 6 歲開始到 12 歲的期間，是發展閱讀最重要的階段。兒童成長中，9 歲以前，是要學會掌握閱讀的能力；9 歲以後，他們透過閱讀去學習日新月異的知識，透過文字故事以豐富人生成長的經歷。好的故事、引人的情節、雋逸的文筆不單能為新一代開啟知識之門，讓思想騰飛，還能接觸社會內不同的價值取向、人際交往關係之錯綜複雜面。

　　《香港兒童文學名家精選》包含的故事仍是我們推動兒童閱讀的工作者經常採用的。它不單將本港兒童文學作出一個較為整全的匯聚，同時亦為父母提供了一個安心的選擇，羅列了多元化、鼓勵兒童閱讀的好作品。謹此向一羣努力耕耘、陪伴兒童成長的文學家前輩和翹楚致敬……

羅淑君

香港小童群益會總幹事

怎樣寫，才能走進讀者的心？

韋婭

　　主編來電，囑我為這本書寫篇自序，談談個人對兒童文學的看法、所選作品的特點、讀者的反響等等。放下電話，沉靜良久。悠地，眼前一亮——就從那封來信談起吧！

　　那是 2011 元旦過後的一天，辦公桌前放了一封信。信封已磨舊了，大約是郵途周折吧。拆開信，跳入一行稚嫩而秀麗的字跡：給永遠不會老的韋婭姐姐：

　　信是這樣寫的：

　　我是大陸的一名六年級小學生，我很喜歡你的詩，它們就像春風吹進我的心裏邊兒。雖然我們見面交流的可能性小極了，但請讓我和你成為筆友，好嗎？韋婭姐。

　　我喜歡你獨特清秀的風格。每當我看到你的詩，心情就放鬆下來，什麼學習、責罵之類的煩惱一掃而光。就像——就像太陽出來了，冰雪飛快的跑走了。我又很羨慕你，你可以用生動的語言訴出一個個妙不可言的故事，一篇篇文章，一首首膾炙人口的小詩，而我一天為什麼作文、演講忙得焦頭爛額！我多麼希望我像你一樣，有那麼好的文采。

最早看到你的文章，是在一本短篇的小說集上，有你的《紫藍色的綢結子》、《叮噹小河》。我覺得很巧妙把生動、靜的事物聯為一體的，我只知道你了。後來從別的書上看了你的《快樂的大海》。我都捧着那本書幾天不放，逢人就指你的那篇散文。當時還小，只知道章婭這個人，寫的作品好。上了五年級，學了課本上《蒲公英的花季》，我剛描了一眼內容，就覺得這個文筆風格好熟悉，再一看作者，天哪！我的心怦怦直跳，好像那個名字是我的名字似的。章婭！這兩個字敲釘子似的敲進我的心！我一年多纏着媽媽買你的詩。功夫不負有心人，《會飛的葉子》飄到了我手上！我沒幾天就「吃」完了，繁體字也難不倒我！

我簡直倒背如流，狂喜地纏着媽媽買別的詩集（還是你寫的啦）。媽媽一拍手，從網上狂找了好幾個月，卻買了《紅玫瑰情結》。又說內容我看的話太早！氣煞我也——那就等我長大吧！我會一直喜歡你的作品的。

署名是：你忠實的讀者李飛宇。

良久，心有些感動。內地文學刊物數以千計，我的數篇作品就像小石子落入深山，不會有什麼迴響的。這封來信，非常真切地將我的記憶喚醒，細節像魚一樣游動起來。我真心疼這孩子，她該如何企盼着我的回音呢？

我立刻坐下給她回信。可是，我卻沒有等到回音。

是我的去信在郵河中擱淺了嗎？

讀者與作者該建立怎樣的一種關係？我們怎樣寫，才能走進千千萬萬顆讀者的心？回望多年來的創作路程，我問自己，哪一本童話、小說、童詩是最好的呢？誰會知道，其實我常有不敢重讀自己作品的膽怯，因為總有遺憾，總有想修改的地方。常想，下一本該會寫得好一些吧？

在我的作品中，你可以看到我的影子。兒時那些細碎的夢，少女時代那些未發芽的渴盼，年輕時的熱烈而執着的對人性美的追尋，都在我的字裏行間奔跑着，歌吟着。我說不清是自己在寫兒童，還是兒童就是我自己。就算那些天真的童詩，也是小小的我眼中的世界。它不只是屬於孩子們的，也屬於那些心靈被俗世塵土覆蓋的成年人的。

我又想起那個寫信的女孩，眼前升騰起無數個像她一樣喜愛閱讀、渴望心靈飛展的孩子。她們望着我，眸子像水一樣清澄——我忽然懂得了，自己該如何去寫，寫得更好。

這是一年一度的書展，走在熱鬧而擁擠的人羣中，我靜靜地望着埋首書中的你。我想告訴你，在人生途中，我為自己曾伴你走過一些日子而感到欣慰。真希望有一天，就像一粒小石子落入深山，長大的你，走到我跟前，對我說：

韋婭姐姐，我小時候讀過你的書呢。

哦，那時我該多快樂啊！

作家訪談

把自已融入作品的兒童文學作家

——韋婭

把自己融入作品的兒童文學作家

—— 韋婭

　　記得韋婭曾說過：「在我的作品中，你可以看到我的影子。兒時那些細碎的夢，少女時代那些未發芽的渴盼……都在我的字裡行間奔跑着，歌吟着。我說不清是自己在寫兒童，還是兒童就是我自己。」確實，韋婭是一個十分感性的作家，她會為自己作品中的人物或哭，或笑，她是一位常把自己融入到作品中去的兒童文學作家。

　　韋婭告訴我，她十分喜歡海，她喜歡大海的深沉，大海的寧靜，大海的廣闊。這天，我和她坐在她那位於珀麗灣海邊新居的陽台上，我們一邊望着藍天碧海，一邊閒談。

創作的靈感與自己的成長體驗相關

　　「長大了想當一個作家，這是我兒時許多『理想』中的一個，可我真沒有想過以後會成為一位兒童文學作家。我最初的創作經歷，就像許多愛文學的年輕人一樣，是從自己的情感體驗出發的，所以寫了很多從女性的視角出發的作品，寫生命，寫愛情；寫傷感，也寫快樂。上世紀九十年代末，我的短篇小說《中三女生的心事》發表後，在網上廣泛流傳，後來還入選了中學生好書龍虎榜的十

本好書之一，而另一本童詩集《會飛的葉子》又獲得了香港中文文學雙年獎，我因而得到好幾家出版社的邀請。這樣，我就從完全自由的心靈寫作，進入了『有指向』的兒童文學創作園地了。也正是進入了這片園地後，我才發現它十分適合我的成長，覺得自己的心靈太接近兒童了。」

夏日的涼風陣陣吹來，韋婭娓娓道出她童年的夢，以及她走向兒童文學創作的過程。

「我創作的靈感其實很多都來自自己的成長體驗。我比較注意女孩子的成長，因為自己也曾是女孩子嘛！當我還是個小女孩的時候，我有許多夢，但這些夢只能是夢，它編織在我的心裏，卻沒有辦法在自己所處的那個時代生發的。我想當一個作家，一個舞蹈家，我愛跳舞，愛唱歌，這些，在那個時代卻沒法實現。高中畢業就『上山下鄉』，沒有大學讀，那個時代的少女也不可以穿漂亮衣服，我相信那個時代扼殺了所有少女的美麗夢想。因而，當我今天有機會寫作時，那少女時代朦朧的夢都從我的筆端流露出來，包括她們的多情，她們的同情心，她們的眼淚與對愛情的

能歌善舞的韋婭（站立者）。

萌想。這些飽滿的情緒一直在我內心深處湧動着,寫作時遇到某個場景、某個生活細節,它就蹦出來了。例如小長今系列中的小長今,《兩個 cute 女孩》中的女孩子,還有許多意象紛呈的童詩,都是與我兒童時代的『想入非非』相關的。它們只是遲發了。」

把自己帶入作品中

韋婭任職於香港演藝學院,也曾為一些大學及政府機構擔任普通話教師的工作,她的學生大多是青年或成年人。因此,我便問她如何去捉摸兒童的心理。韋婭笑了笑說:「我是把自己帶入了作品中了。其實,幾乎每一部小説作品,都有我哭過的痕跡。往往那些最激動、最牽扯人心靈的部分,都是我流着淚寫完的。當我描寫人物時,我會不自覺地就將自己投入進去了,好像那個人就是我,非常的委屈,非常的傷感。寫人物的心理活動,我會進入到那個年齡層,九歲,或者十三歲,或者十七歲……從理性上,我是在把握她們的年齡,從感性上,我則是化作了那個孩子。好像我自己沒有長大似的,哈哈,就好像自己就在那個年齡段,這種感覺令我自己非常快樂,就算是流着眼淚寫完的,我也是快樂的。」

細讀韋婭的作品,你會看得出,她寫得很認真,有時可以算得上是執着。我好奇地問她,寫作時會否遇到瓶頸,寫不下去?她説:「也會的,遇到那種情況,我只好放下筆,不寫啦!」她

想了想，又說：「創作是一種靈感的觸發，是一種激情的推動，需要的不止是書寫文字的能力，同時也需要精力，精神，需要有激情澎湃的『能量』，我想啊，等到自己老了的時候，不知道還能不能寫出好作品呢。哈哈！」說到這裏，韋婭忍不住的笑起來。

　　「不過，不是寫任何體裁的作品，都需要這種『激情』的，」她說，「比如寫童詩，則不是。它需要的是心境，是孩童的心境，是將一個成年人的心態轉化成兒童的那樣一種心境。因而創作時，特別需要一顆心處於絕對的安寧，處於一種創作童詩的心態。那是一種聆聽天籟般的心境，聆聽

兒童文學研討會上，韋婭與著名兒童文學作家金波先生合影。

自己心底的詩語，孩子的詩語，美的，韻律的，音樂的。

所以對我來說，我覺得寫童詩最難，難就難在它需要童心，又需要詩心，需要靜謐而天然的那種心境的獲得。當我被追童詩稿時，是最多遇到『瓶頸』的時候。遇到這種時候，就得停下，去好好想想。有時候，真的會重新再來。」

上乘的兒童文學作品，應該是從兒童出發的

對於怎樣的兒童文學作品才算上乘的作品，韋婭有自己獨特的看法，她認為：「上乘的兒童文學作品，應該是從兒童出發的。它不是我們成年人的標準，我們客觀世界的標準，而是兒童心靈的標準。兒童有自己的準則，他們的準則往往與我們成人的要求是不相吻合的。兒童有他的天然性，有人性最初的懵懂。我們寫兒童，應該寫出他們心靈世界的活動。能寫出那種可愛和天然的東西的作品，我覺得才是好作品。」

她還認為：「兒童文學」是一個很寬泛的概念，它不只是寫兒童生活的東西，它也包括寫成人世界，寫出兒童與成人世界的瓜葛與聯繫。因而了解兒童心理顯得非常重要，許多優秀的兒童文學作品，都是兒童心理把握的佼佼者，像《醜小鴨》、《夏洛特的網》、《長腿叔叔》和《彼得·潘》等。

每一位作家，都會有一位或多位對她影響甚大的作家，韋婭說，對她影響最大的作家是安徒生。「這是我最早接觸的而且永遠記住了他的名字的一位作家，而他的作品《人魚公主》則成了烙在我心脈中的永恆故事。海龍王的小女兒在愛情與生命的兩難選擇中，選擇的是留死給自己，留幸福給心中所愛的人。可這個人根本不知道她的愛，更不知道她把生的權利留給了他。這種傷悲與情操，我想對我兒時的心靈成長是有着深遠影響的。

「長大後我最喜歡的是莎士比亞的戲劇作品，他的作品中的人物對白，特別是心理獨白，都是像詩一樣的敍述。那時候我在

大學讀書，每當讀到澎湃的沉鬱的敍述，我就記下來，平時都會拿出來翻看，每當重讀那些精美的華麗的詩一般的句子，都會在我心底敲出和聲。所以至今我都喜歡讀莎翁的作品，包括去看演出他作品的戲劇，百看不厭。」

文學的價值不在故事的離奇性，而在於審美

我笑對韋婭說：「我覺得你是一位很感性的作者，我估計有些我讀着時流淚的作品，你寫作的時候也一定是流過淚的。」韋婭聽到我如此說，忍不住拉住我的手說：「哈，這還真的讓你說對了。寫作中，寫到感動時，我自己就會流淚。創作中，我都是緊閉房門，連電話也不聽的，所以家人也不打擾我。有一天，我寫完一節，走出房門時，我先生和我兒子看見我，就相視一笑，說：『瞧，又哭啦。』──他們已習以為常了，我走到鏡子裏看自己，一臉淚痕，眼皮紅紅的。」

韋婭的創作體裁幾乎遍及了所有的文學範疇，包括：童詩、童話、兒童故事、校園小說、幻想小說、散文、散文詩等等。二十多年的創作，亦為她帶來了很多的獎項。如：中文文學獎、青年文學獎、香港中文文學雙年獎和冰心兒童圖書新作獎等。

我問韋婭，她的作品文字很美，有一種散文化的感覺，而不是純粹的敍述性文字，她自己有沒有意識到。

她想了想，回答我：「我想，每一位作者大致都會形成自己的某一風格吧。我覺得小說作品如果僅是現實生活的直錄，那就

失去了文學的欣賞價值，因為現實中，我們天天接觸到不同的真實個案，如果純粹以故事取勝，現今所見所聞的故事太多太多，有的甚至遠遠超過了我們的想像力。非常冷漠、殘酷甚至血腥的事，比比皆是。我覺得文學的價值不在故事的離奇性，而在於審美，在於心靈的感染，在於情感的薰陶。以往我讀小說時，我感覺一篇好作品，並不是因為其故事情節令我魂不守舍，而在於它所傳遞的某種內在情緒的張力，是作者的敘述，令我的心緊揪不放。而每一個作者的敘述方式都是不同的。我並沒有刻意追求某一種敘事狀態，我非常喜歡讀詩，所以有評論家說我的散文或小說中，都有『詩』這一特質的潛在，大概就是這個原故吧。」

韋婭和她的演藝學院學生。

童話篇

烏鴉兄弟

在很遠的地方，有一座綠色的大森林，森林裏有一條清凌凌的小溪，小溪的水流呀流呀，流到一棵老柏樹旁時，緩緩地打了一個轉兒，向南而去了。這時候，老柏樹上傳來響亮的鳥鳴聲——

「你好，早晨！」

「你好！早晨！」

這是誰在叫呢？

哦，是老柏樹上住着的一對烏鴉兄弟呀！

烏鴉兄弟，哥哥叫「跳跳」，弟弟叫「躍躍」。跳跳和躍躍是非常要好的小哥倆。他們住在一間溫暖的草房子裏，草房子外綴滿了春天的花朵，房子裏呢，存放了許多好吃的食品。

跳跳和躍躍小哥倆非常勤勞，他們每天早出晚歸，捕捉害蟲。然後，還為未來的日子儲存糧草。那些破壞森林樹木的壞小蟲們，一聽見烏鴉兄弟的叫聲，就嚇破了膽啦。烏鴉小哥倆互相關愛，日子過得非常平靜。

　　可是有一天，這平靜的生活被打破了。

　　這一天，在他們居住的地方，發生了一點異樣的情況，一隻不知從哪來的小烏鴉，挨着他們的草房子旁，搭起了一間圓圓的小屋。這令兩兄弟驚訝不小。她是從哪來的呀，她，哎呀，這位新鄰居長得可真漂亮呢！

　　她毛絨絨的黑羽翼像染了一層油似的，而耀眼的是她那柔滑的頸項上，閃電似地劃着一道白圈，那束白羽毛光潔柔軟，猶如一片天上的白雲降落在她身上。

　　「嗨，你好！」小哥倆一起説。

　　「嗨，你們好！」新鄰居點頭道。

　　新鄰居説話的時候顯得很大方，眼睛一眨一眨，充滿着神秘感。只見她向兄弟倆鞠了一躬，帶着點歉意説：「我叫飄飄，從森林那邊的瀑布區搬來的。不好意思，沒得到你們的同意我就⋯⋯」

　　她的話還沒落音，就聽得有誰搶着説：「沒關係！沒關係！」

　　哦，也不知是烏鴉哥哥説的呢，還是弟弟説的。新鄰居聽了很高興，咧着小小的尖嘴兒笑了，然後她又補了一句説：「瀑布區那邊真的很吵人呀，我早就想着要搬家了，現在，嗯，跟你們作鄰居，多了我，你們不會介意吧？」

兩兄弟一聽，別提多高興了。哥哥剛想發話，卻不料讓弟弟躍躍搶了個先，只聽弟弟叫道：「不介意，不介意！飄飄小姐，這簡直太……太好了，瞧，我們正寂寞哩！」

哥哥跳跳的臉兒一熱，他實在有點怪罪弟弟——他也太性急了吧！不過哥哥此刻也很想表示一下心意呢，只聽他對新鄰居説：「我叫跳跳，歡迎你呀，飄飄小姐喜歡我們這裏，真是我們的榮幸哪，我們一起玩吧，捉……捉迷藏好嗎？」

哥哥竟然有點口吃起來，其實他從來都是口齒伶俐的呀！

「我叫躍躍，我是弟弟，我跟你玩……」弟弟連忙叫起來，他方才怎麼忘了介紹自己了呢！

兄弟倆的熱情，好像沒能引起新鄰居的興趣，只見她把美麗的脖頸轉了轉，吸了一口氣説：「嗯，對不起，今天太累了，改天吧，改天再找你們玩。」説着，她一鞠躬，鑽進自己圓圓的小房子裏去了。

小房子的門關上了。

跳跳和躍躍你看我一眼，我望你一眼，站在空寂寂的枝頭上，忽然覺得有些失落。

哥哥嘀咕道：「她的聲音真悦耳哪，我從來沒有聽過

這麼好聽的說話聲呢。」

弟弟呢喃着：「她的羽毛真光滑，可以說會令所有的烏鴉都眼花繚亂哪！」

哥哥聽了，就說：「這小烏鴉的頸項上有一道白雲般的羽毛，真瀟灑，真漂亮，嘖嘖！」

弟弟也讚歎道：「你瞧她的頭仰得高高的，那架式，哇，真有一股貴族子弟的氣質吶！」

哥哥瞟了弟弟一眼，眉頭皺了皺。

弟弟不在乎地看了哥哥一眼，也皺了皺眉頭。

樹林裏靜悄悄的。

兄弟倆躡手躡腳靠近新鄰居的小房子，踮起足尖，側着耳朵，傾聽從窗子裏傳出的輕微鼻鼾聲。喲，飄飄睡得真香，她果真是累壞了。搬家，這可是一件大事情，整理房間，安排一切，的確是累人呢。

「我要等她醒來，跟她說說話兒。」哥哥這麼想。

「我要等她醒來，聽她唱歌。」弟弟這麼想。

「喂，弟弟，你在這兒幹嘛呀？」

哥哥看了一眼身邊的弟弟，第一次感到弟弟是這麼……多餘，他為什麼不走開呀？他用肩膀輕輕頂開了一下弟弟。

　　弟弟歪了歪身子，望了哥哥一下：「不幹嘛呀，你呢？」

　　躍躍忽然發現哥哥他是多麼……多麼討厭啊，他怎可獨自霸佔了最靠近窗口的位置！

　　房子裏的新鄰居翻了一個身，發出輕輕的窸窣聲，一聲輕輕的歎息傳了出來。哦，讓她多睡一會兒吧，千萬別

打擾了她。哥哥朝小房子挨了挨，他是多麼想與這新鄰居說說話，聊聊天啊，她願意跟他一起玩，或者一起住嗎？

弟弟也緊緊地靠攏來，喃喃低語道：「這隻迷人的小烏鴉，如果願意同我一起住就好了。」

哥哥分明吃驚不小，他從來沒有這樣惱火過：「你……」

他的嘴巴動了一動，卻沒有往下說，覺得弟弟太不知趣了。

弟弟警覺地望了一眼哥哥，從哥哥的眼神中，躍躍第一次發現了跳跳的不友好。他已經猜到了幾分。哥哥真是太，太霸道了，簡直是個……混蛋。

哥哥瞪着眼，氣鼓鼓的。

弟弟呶了呶嘴，把頭一擰，翻着白眼。

哼！弟弟太不像話了，哥哥兇狠地從鼻腔裏發出一聲，好像是警告：「走開點吧！」

咻！哥哥你有什麼了不起。躍躍朝地上跺了一腳，從鼻子裏發出一聲悶響，意思分明是：「誰還怕你嗎？」

哥哥紅着眼睛逼過來了。

弟弟的毛髮豎起來了，寸步不讓。

兩個兄弟的腦袋挨到一起了，過去兩個人頭挨頭、肩

並肩地睡覺、玩耍，現在卻感到如此厭惡對方，他們終於打起來了。你叼我的頭髮，我拔你的尾巴，你抽我的臉，我搧你的屁股，他們鬥得很辛苦，唉，打架其實是一件很痛苦的事兒哩。

哥哥的頭上掉了好些毛髮，真令人難堪，他氣喘吁吁地說：「哼！你竟敢打哥哥！」

弟弟的尾巴禿了，這太不體面了，他朝地上吐了一口唾沫，說：「呸！你怎麼可以咬弟弟！」

這時，他們聽到了新鄰居驚恐的聲音：「哎呀，你們……你們倆為什麼打架？快停下來！」

為什麼打架？哎呀，烏鴉兄弟也不知道這究竟是為什麼，他們都有點累了，他們都希望對方先停手。

「嗨，你還繼續打我？」這個伸出翅膀又拍了對方的腦袋一下。

「是你，你還繼續打我？」那個伸出腳爪子，朝對方的肚子又踹了一腳。

「是你先動手的！」這個委屈道。

「明明是你先動手的……」那個不服氣。

「是你是你是你……」

「是你是你是你呀……」

唉，爭吵罵架是一件多麼令人煩惱的事啊，誰想呢？可是兄弟倆誰也不想在新鄰居跟前丟了自己的面子呀，他們誰也不肯先鬆手，嗯，到底是誰先動手的？真說不清楚了……

只聽得新鄰居一聲感歎，說：「唉，本來想換一個清靜的環境，誰知道……」

頸上有白雲花紋的漂亮烏鴉轉了一個身，撲撲翅膀，飛走了。

烏鴉兄弟一時呆住了。遠天，空盪盪的，風輕輕地吹，森林裏又恢復了一片寧靜。

跳跳和躍躍你望望我，我看看你，再看看那間新鄰居留下的小房子，垂下頭去。

烏鴉兄弟會不會像從前那樣，重新過着寧靜的無憂無慮的幸福生活呢？

美好的生活是靠大家共同來維護的。如何面對意料不到的矛盾發生，這可是一個值得好好想想的大問題呢！

愛漂亮的金毛獅

在高高的北山峰上，在森森的陰山洞裏，住着一頭威風凜凜的大獅子。這大獅子呀，有着一身金黃色的毛髮，那鬣毛就像緞子一樣，又軟又滑，閃閃發亮，老遠就望得見。這金毛髮的獅子非常滿意自己的形象，覺得自己真是大美人……不，大俊男一名呢！如果有個什麼「亞洲健美動物競選」，他金毛獅保證頭一個報名！

金毛獅好快樂，他對着山泉打量自己，自言自語地説：「我又有本事又英俊，世界上還會有誰比我更快樂呢？」

可是這話説了沒多久，金毛獅就遇到了煩惱。

原來，最近金毛獅總是睡不好，每當睡着的時候，總會被什麼「嘰嘰」叫的東西弄醒。開始時倒沒太在意，翻個身又繼續睡了。可是後來有天晚上，金毛獅被什麼聲音弄醒了，他睜眼一看時，發現有一羣黑乎乎的小老鼠在周圍東竄西跑！冬天來了，這羣小東西可能是因為找不到東西吃，就來騷擾金毛獅子了。他們在他身上到處爬，並且噬咬起他的柔軟光滑的鬣毛！

哎呀，好大的膽子！這豈不是在太歲頭上動土嗎！金毛獅大吼一聲，跳了起來。老鼠們嚇得四散逃去，像滾落了一地的黑珍珠球，一忽兒就不見了。

金毛獅低頭一看，哎呀呀，我金黃色的漂亮長毛哇！這羣小偷一樣的壞老鼠！金毛獅氣得一夜沒有好好睡。

早晨，太陽照得老高了，金毛獅才睡眼昏花地走出冷風颼颼的山洞。他無精打采地來到泉水旁，看見水中自己那憔悴不堪的倒影，覺得非常惱火。看看天上，日光暖融融地灑下來，他想躺下來讓太陽曬着，平平安安地睡上一個好覺，無奈腹中空空，飢腸轆轆，唉，總得去覓食啊！也真倒霉，前些天，他只逮了幾隻小動物當點心，現在天這麼冷，還有誰會在四處玩耍呢，想找點裹腹充飢的東西也真不易啊！

什麼收穫也沒有，太陽還沒有下山，金毛獅就回家了。

金毛獅的家安在大山洞裏，這山洞在背陰處的一塊大岩石下，岩洞外雜草叢生，洞內非常潮濕，還有股臭味兒。獅子爬上牀，心裏盤算着換套房子吧，那羣小搗蛋鬼也不知是從哪來的，真傷腦筋！想着想着，金毛獅就睡着了。

金毛獅睡得正香，忽覺得胳肢窩裏癢癢的，是夢嗎，是誰在跟我玩耍？喲，好癢啊，嘻嘻嘻，金毛獅子忍不住

笑起來，快別搗亂好不好，別⋯⋯哈哈哈⋯⋯誰在撓我的癢癢呀，嘻嘻嘻，癢死我了，哈哈哈！

獅子大笑着睜開眼睛，哦，原來⋯⋯又是老鼠！

哇！我的天，我的毛髮，我的毛髮⋯⋯獅子突然想到他漂亮的金毛髮！周身一望，壞了壞了！金黃色的毛髮被咬壞了，這兒一個小窩窩，那兒一個小洞洞，長長的毛髮被弄得凌亂不堪，真是慘不忍睹哪。哎呀呀，你們這些壞東西，壞東西！

金毛獅發瘋一樣地大聲吼起來，小老鼠們四逃而去。

漂亮的毛髮被小老鼠破壞了，獅子感到受了捉弄，又生氣，又委屈。看看天色，外面還黑乎乎的哩！金毛獅真想繼續睡，可剛一閉眼，那些小老鼠又蜂擁而至了。也許小老鼠知道獅子拿他們沒辦法？他們想，你這獅子除了會大聲叫嚷，還有什麼本事呢？那金光閃閃的毛髮不過是一些可以被我們磨牙的東西罷了！老鼠是白天睡覺的，到了晚上他們既想找東西吃，又想趁機活動筋骨，鍛煉身體，於是就又悄悄地上來，你扯一撮毛，我扒一個窩，嘻嘻哈哈，像玩遊戲一樣開心呢！

吱吱，嘻嘻，哈哈！

「啊！」這一回獅子發怒了，吼叫聲衝天響，小老

鼠們一個個像雞蛋一樣滾下來，顧不得跌得屁股疼，觸電一般四散開去。金毛獅瞅準一隻，猛地上前伸出大掌子一拍——可那隻小老鼠卻挺機靈，「忽」地一下，就從他的指尖溜走了。有兩隻在獅子背上沒來得及跳下來的尖嘴小老鼠，被發怒的獅子甩得老遠，屁股重重地跌在岩石上，疼得眼淚都要冒出來了：「哎喲吱吱……獅子你可真不給情面啊！」他們叫嚷着。

「什麼，你們敢來搗亂，還說我不給情面？簡直是豈有此理！這豈不是『與虎謀皮』嗎……啊不不不，『與獅謀毛』嗎？我是誰，我可是山中大王啊！」金毛獅憤怒極了。這羣小老鼠簡直是無法無天哪！他一定要給那兩隻尖嘴小老鼠一點顏色看看。可他的身子也太笨重了，等到轉過身來，哪還有小老鼠的影兒呢！

金毛獅能捉瘋牛野馬，對着指頭大小的老鼠，卻顯得一籌莫展，無計可施。唉，這一夜就這樣又被折騰過去了。

天亮了，獅子步出山大王的住宅，疲乏地步到山泉旁。現在，山泉的倒影裏，再也看不到那頭威風凜凜、英俊瀟灑的獅子了，水影中那副鬣毛凌亂、六神無主的倒霉樣兒，令他自己望着都心酸。他那參加「亞洲健美動物競選」的理想，正在被小老鼠們毀滅着。

　　獅子沮喪地趴下身來，喝了一口水。望着天上的白雲發呆，他實在想不出什麼辦法，可以擺脫小老鼠們的騷擾。

　　倒霉的金毛獅子只好搬家了。

　　唉，原來再威猛的山中大王，也有自己的弱點啊！

當小螞蟻遇上大黃葉

風吹了，天涼了，小螞蟻微顫着，緊緊伏在大榕樹的一片黃葉兒上。

黃樹葉兒跟螞蟻說話了。

「小螞蟻，你瞧我呀，既可以給行人遮蔭，又可以給你作小牀……我多麼有用啊！」

小螞蟻聽了，輕輕「嗯」了一聲，沒說話。

黃樹葉又說：「可是你呢，小螞蟻，整天只知道爬來爬去，找東西吃，找地方躲，哼，什麼用也沒有！」

小螞蟻有點兒難為情，她揉了揉自己的腿——昨天在搬一粒大爆米花時，不小心弄疼了自己。她琢磨着黃樹葉

的話，張開小嘴説話了：「可是，我是一條小生命呢！」

「小生命？哈哈！」黃樹葉很不以為然地笑起來，使勁地晃着腦袋，差兒點把小螞蟻給晃下樹去。

小螞蟻連忙解釋道：「是生命就得為活着奔走啊！」

黃樹葉不笑了，鄙夷地瞟了小螞蟻一眼，説：「你是一個卑微的生命。」

這麼説着，黃樹葉就驕傲地挺起了胸。

小螞蟻不解地眨了眨眼睛，不服氣地問：「生命有卑微的或者高貴的分別嗎？」

小螞蟻説話是細聲細氣的，稍遠一點的人都聽不見。

黃樹葉好像一下子被問住了，話音卡在喉嚨裏，一時沒了回應，只好扭過臉去，不理小螞蟻了。

「你……生氣了嗎？」小螞蟻不安地問。

「哼，我才不跟你這小東西生氣呢！」黃樹葉大聲説。

小螞蟻試圖立起身來，一陣秋風颳過來，她抖了抖身子，連忙又趴下來，惹得黃樹葉哈哈大笑起來：「哈哈哈，瞧，你多沒用！」

小螞蟻垂下頭去：「媽媽説過，不管我們是怎樣小的生命，都是上帝的恩典。我能用勞動養育自己，我的一生就是有意義的。」

這一回輪到黃樹葉犯傻了，心想這小東西在説什麼意義呀，養育呀，恩典呀什麼的：「你媽媽教你些什麼呀？」她遲疑着問。

「無論處在怎樣的境遇中，我們都得好好愛惜生命，這是我媽媽説的！」小螞蟻聲音提高了些。

「你媽媽是誰？」

「一隻大的螞蟻。」

「是教授嗎？」

「哦，不，一隻普通的螞蟻媽媽而已……」

黃樹葉有點掃興：「可是，她倒像很有學問似的！」

見到黃樹葉讚揚自己的媽媽，小螞蟻感到很高興。「她的確有很多螞蟻朋友啊！她們都喜歡她，喜歡聽她説話，唱歌……」

正説着，一股猛烈的秋風襲來，整棵大樹都搖晃起來。只見小螞蟻還沒來得及發出一聲尖叫，已經被風吹跌到地上了，她被撞得頭昏眼花，定下神來，卻聽見誰在哭，原來是方才與她説話的黃樹葉兒。

「啊，你掉下來了，受傷了麼？」小螞蟻小心翼翼地爬過去，問道。

一聽小螞蟻的問候，黃樹葉哭得更傷心了。

「要不，我陪你上醫院看看，好嗎？」

黃樹葉拚命搖頭，歎息道：「沒用了，離開了大樹，我活不多久了。」

小螞蟻一聽，眼睛裏流出了悲傷的眼淚。「我可以陪你去小河邊的，那兒有水⋯⋯」

黃樹葉的眼淚湧出來：「不行了，小螞蟻，我得感謝你跟我説的道理⋯⋯」她的聲音裏充滿了哀傷，「對不起，我太不知輕重了，傷害了你⋯⋯」

「不不，」小螞蟻説，「我得感謝你呢，伏在你身上，才使我掉下來的時候，沒有那麼痛。」

「小螞蟻，現在我才明白，每一個生命都是同樣珍貴的，在災難面前，每一個生命都面臨危機，每一個生命都有求生的理由⋯⋯」

小螞蟻眼睛閃動淚光：「你説得真好啊，黃葉姐姐！這是我媽媽説的，她在去年洪水泛濫時被沖走了，我⋯⋯」

黃樹葉的聲音低落下去：「可憐的小螞蟻，請你原諒我⋯⋯」

「不，黃葉姐姐，謝謝你留給我的安慰，我會陪伴着你的。」

　　「你教會我懂得了愛，也懂得了不可輕視任何小小生命……」黃樹葉嚅囁着，眼頰旁一片濕潤。

　　「是啊，我們每一片小生命都是有價值的，也都很脆弱……」小螞蟻説。

　　驟然間，大雨飄落，整個世界都被雨聲淹沒。

　　昏天黑地間，只見在高土坡的樹根旁，有一片黃樹葉緊緊地遮蓋着身下的小螞蟻，任憑雨滴如何拍打，她都一動不動……

餓豺狼與瘦狐狸

下雪了。一隻豺狼，已經餓了好幾天了。

山腳下，飄忽着裊裊的輕煙。那兒一定住着人家，準能找着吃的！豺狼想。

於是，牠朝山下走去。

忽然，傳來一陣臭味。「嗯！」豺狼站住了：「誰？」

樹叢裏躲着一隻瘦狐狸，牠不小心放了一個屁，沒想到竟撞上了狼，嚇得直發抖：「……是我，狼……狼大哥！」

「哈，是瘦狐狸小弟！」豺狼喜笑顏開，咽了一下口水。

瘦狐狸剛剛在村裏偷了一隻母雞吃，吃得太飽，所以放了個屁，沒想到竟撞見了狼，真倒霉啊！不過，狐狸天生精明，牠眼睛一轉説：「狼大哥，你瞧我多瘦啊，又臭！我呀，剛才看到兩隻肥小兔正在睡覺呢，好香好香哦……」

豺狼一聽，眉開眼笑：「在哪兒？」

瘦狐狸一指：「就在村口，去吧！」

「唔，你帶我去！」沒想到豺狼不比狐狸笨。牠怎捨得放過狐狸？哪怕只是一隻皮包骨的瘦狐狸！

瘦狐狸一百個不願意呀，可也沒辦法，牠帶着餓豺狼朝小兔子的家走去。白雪地留下兩行腳印。

走着走着，突然，豺狼定住了腳，兩眼警覺地望向村口。壞了，那是什麼？原來是……獵狗！還有獵槍！

豺狼惡狠狠地説：「狡猾的狐狸，你想害我！」説着，朝瘦狐狸猛地撲了過去。

瘦狐狸還來不及解釋，就沒了命。

為了保命，卻出賣了朋友。唉，原來狐狸一點也不聰明啊！

鼻尖上的小飛蟲

獅子吃飽了，躺在金黃的草地上曬太陽。

一隻牛蠅在獅子鼻尖上飛來飛去，嗡嗡地唱歌，弄得獅子好煩。

獅子粗聲粗氣地說：「小飛蟲，你好大的膽子啊，竟敢在我的眼皮底下搗亂！」

牛蠅不理會，一邊唱歌，一邊說：「你曬太陽，我也曬太陽啊！」

「你知道我是誰嗎？」獅子吼道。

「你是獅子呀！」牛蠅笑着，「你知道我的名字嗎？」

獅子惱火起來：「你不認識我這山中大王嗎？送死來了？」說罷，獅子揚起尾巴，狠狠地朝小牛蠅抽過去。

只聽「啪！」的一聲，獅子叫起來：「唉喲！唉喲！」

原來，獅子沒有抽中牛蠅，反而打中了自己的眼睛。而牛蠅呢，趁勢在獅子的鼻尖上狠狠咬了一口，痛得獅子捂着眼睛鼻子，差點哭出來。

山中大王受到了小飛蟲的挑戰。原來，再強的動物，也有自己的弱點啊！

餓肚子的狼與小烏龜

在森林中遇到一隻狼，誰能不害怕？何況這是一隻餓肚子的老狼呢！

現在，小烏龜就遇到了這樣一隻老狼。牠綠綠的眼睛，尖尖的牙齒，惡狠狠的模樣，啊呀呀，馬上就要撲過來了。

小烏龜想跑，哪兒跑得過狼呢；不跑吧，還不知狼會把自己怎麼樣。小烏龜沒辦法，只好硬着頭皮，趴在原地，一動不動。

老狼把烏龜撥了一下，想咬烏龜的頭，烏龜把頭縮在殼裏；想咬烏龜的腳，烏龜的腳藏進了殼裏；想找烏龜的尾巴，那尾巴完全不見了，都藏在這石頭一般硬的殼子裏！

哼，你這鬼東西！老狼氣得嗚嗚叫：「我要把你扔到山上去！」

烏龜笑：「我正好想到山上旅行一下呢！」

老狼氣得直跺腳：「我要把你扔進火裏燒死你！」

烏龜又笑：「我正好想進火中取取暖！」

老狼氣得蹦蹦跳：「我要把你扔進河裏淹死你！」

烏龜不笑了：「別別別，千萬別把我扔進河裏去！」

老狼一聽高興了，捉起小烏龜就往林子邊的小河裏扔。

聰明的烏龜在河中央露出了頭，大笑着說：「老狼真是大傻瓜，小河正是我的家！」

餓肚子的老狼氣得朝烏龜撲過去，只聽「撲通」一聲——

惡狼沉進河裏了，再也沒有浮上來。

一切想加害別人的人，到最後都是沒有好下場的。

小女孩和紅狐狸的故事

在青青的河岸邊，有一所小小的紅房子，紅房子裏住着一個會唱歌的小女孩。春天來臨，小女孩翹着小嘴巴，天天在竹園子裏唱歌，唱得滿園鮮花盛開，唱得風兒雀躍舞蹈。

小女孩唱得真好聽啊！歌聲引來了一隻小小的紅狐狸。紅狐狸瞇起一雙美麗的眼睛，趴在竹園子旁，像是入了迷一般，一動不動地聽着。

小女孩唱得更快樂了。

紅狐狸彷彿聽懂了小女孩的歌，牠在竹園子旁輕輕地旋轉，悠然地舞動起來，猶如一位嫻熟的舞者。那紅色柔毛在太陽下，一閃一閃，像遠天的一朵紅雲似的。

小女孩笑了，眼波溢彩。她去河邊提水，為花兒澆灌，為秧苗施肥，又把香噴噴的小米糕分給紅狐狸吃。歡樂的歌聲與笑聲，像展開翅膀的蝴蝶，在園子裏飛翔。

一個陰霧瀰漫的日子，來了一個倒霉的獵人。他已經三天沒有捕到過任何動物了。這個笨獵人對優美的歌聲毫

無感覺，卻對紅狐狸產生了興趣。這種時候，他是決不會讓他的獵槍閒着的。

小女孩唱着歌，紅狐狸跳着舞，她們誰也沒有發現危險就在眼前。

一聲槍響，紅狐狸不動了。

小女孩嚇呆了，她驚恐的眸子射向獵人，眼睛裏滾落了一顆巨大的淚珠。

從此之後，人們再也沒有聽見園子裏的歌聲，女孩子也失去了蹤影。沒有人為花兒澆水施肥，也沒有小動物再光顧過這兒。花園荒蕪了，連風也不肯在這兒停留。

沒有人知道小女孩去了哪裏。

有人説她去找紅狐狸去了，有人説她死了，也有人説曾在後山腳的河畔見過她，她在園林裏澆花，但從來不唱歌。

美麗的叮叮湖

（榮獲 1996 年冰心兒童文學新作獎）

從前，在很遠的地方有座小城，小城裏有一個美麗的湖叫叮叮湖，湖水碧清碧清的，湖面上荷花飄漾，岸邊是茂盛的綠色叢林。風吹來的時候，湖水就會發出像音樂一樣的「叮叮噹噹」的美妙聲響。據説，誰要是用叮叮湖水洗澡，就會變得美麗動人。所以，總有女孩子從很遠的地方來這兒洗浴，聽湖水唱歌。

可是，有一個小姑娘卻坐在草叢裏哭。她叫小草兒。小草兒的媽媽很早就病死了，她的父親就娶了一個繼母，繼母帶來一個女兒，長得又黑又醜又刁蠻，她見小草兒長得美麗溫柔，就很不高興，成天鬧着要把小草兒趕出去。父親為了息事寧人，就對繼母的女兒説：「你去叮叮湖洗浴就會變漂亮了！」

現在繼母的女兒在湖水中洗浴，卻讓小草兒在湖邊等候。小草兒聽着湖水叮叮噹噹的歌聲，心裏面不知怎地就難過起來了。她多麼想在湖裏游玩哪！可是繼母的女兒惡

狠狠地説：「你真是個多餘的人！你如果下湖，湖
水就會被你弄髒了！」

　　小草兒想着想着就哭了起來。這時候，忽聽
見有個聲音：「姑娘，姑娘！」

　　小草兒朝四周望望，沒有人。正覺得奇怪，那聲音又
説話了：「你下湖去洗澡吧！」小草兒尋聲而去，發現竟
是一隻美麗的鴻雁在對她説話。小草兒説：「鴻雁姐姐，
繼母的女兒不讓我下湖，如果不聽，她會惱怒的。」鴻雁
説：「你儘管去吧，你會變成世界上最美麗的姑娘的。」

　　小草兒高興了，她悄悄地來到湖水旁，輕輕地除下衣
衫。湖水又溫柔又體貼，軟軟的，柔柔的。浸在水中，小
草兒覺得很舒適輕鬆。她走出水面，拭去身上的水珠，驚
訝地發現水中的倒影美若仙子，她幾乎認不出自己了！

　　正欣喜間，忽然聽到了繼母的女兒粗蠻的嚷聲：「小

草兒！你死去哪兒啦？！」小草兒連忙穿好衣衫應聲道：
「這兒——」

繼母的女兒聞聲而來，瞪着兩隻因吃驚而變得更兇狠
的眼睛，撲上來抓着小草兒的衣襟喊：「這是你嗎？這是
你嗎！你這個壞東西！」繼母的女兒拚命地撲打小草兒，
將小草兒的臉抓破了。

繼母的女兒簡直不能忍受小草兒如此的美麗。現在她
想到了一條毒計。她說，「小草兒，如果你到湖心去洗，
會變得更漂亮的！」說完她就一把將小草兒推入湖水，惡狠
狠地喊：「去吧！去吧！別回頭！」

小草兒流淚了，她慢慢地走向湖心，湖水一寸寸地升
上來，湖面上消失了小草兒的蹤影。於是，繼母的女兒在
湖岸邊哈哈大笑起來。

這時候，一隻大雁從林中飛起，在空中發出一聲淒慘
的長長的悲鳴。突然，叮叮湖碧綠的水騰起了，叮咚聲同
鴻雁的鳴聲一樣淒涼，一個美麗的少女的身影，隨着湖水
一起，跟着大雁飛向遠方……

湖水沒有了，眼前只有荒草和野藤。繼母的女兒變得
更醜更黑，變成了一個比她的母親還要老的跛足女人，現
在她永遠也嫁不出去了。

童詩篇

會跑的燈光

那些燈光

會跑

在長長的吐露港公路

那些燈光好孤獨

在夜裏

不聲不響

聽車輪的喧鬧

　和海的叮囑

一溜溜　像走不完的河流

一串串　似紅紅的糖葫蘆

燈光呀好辛苦

不喜歡在夜裏織夢

卻願意燦燦地

守護着　車流的線路

蒲公英不說一語

那遠了又遠了的

　那近了又近了的

白色的　一絮又一絮

絨絨的　又輕又淘氣

哦　這是

蒲公英的花季

　滿天滿地

落着她的行跡

　染了你的睫毛

碰了我的鼻翼

　還緊緊沾着我的裙子

不棄也不離

這小絨球

　　這白茫茫的奇跡

你是盛夏的相思呢

　　還是冷冬的回憶

蒲公英不說一語

眨眨眼

與我親昵

草葉上的露珠

草葉上的露珠，

一閃一閃，

是不是

天上的星星地上灑？

草葉上的露珠，

一亮一亮，

是不是

河裏的珍珠樹上掛？

草葉上的露珠，

一眨一眨，

是不是

想跟我說句悄悄話？

我從一盞燈裏溜出來

打開窗子

你聽

遠處有海的聲息

空曠的視野

　那白色的

　　馬蹄露一樣的月光

　甜甜地

　　流了一地

心好歡喜呀

海走近了

月光走近了

我從一盞燈裏

溜出來

影子從我的身體裏

溜出去

然後 我就浸泡在月華裏

作一棵小樹

門前的小溪

山腳下的小溪

曲曲彎彎

繞過我家的門前

清清的　淡淡的

唱着叮咚的歌兒

　　說着叮咚的話語

我問小溪從哪兒來

她卻忙用樹葉兒遮住眼

喲　跑得好遠

瞧　那邊溪水深處

閃閃忽忽

是一羣星星

　　在水中悄悄洗臉

重陽秋葉

秋天，秋天，
滿天飛起黃樹葉。

黃葉，黃葉，
就像翩翩黃蝴蝶。

蝴蝶，蝴蝶，
跟我上山去打獵。

打獵，打獵，
腳踩黃葉頭頂月。

明月，明月，
風高雲淡重陽節。

走過綠森林的老樹

今夜的風中

有青草的氣息飄浮

月兒躲在雲背後

叫我看不見遠山的小路

那森林裏的小動物

會不會都已睡熟

綠盈盈的草坡上

是不是

又開了一朵蘑菇

蘑菇有圓圓的小腦袋

打着雨傘　依着大樹

點點頭　送來一陣清香

招招手　好像在説

願意跟我去遠足

雲把月光吐出

照亮高高的樓屋

媽媽　假如我打着小傘

走過綠森林的老樹

會不會

也變成一朵蘑菇

會飛的葉子

(童詩集《會飛的葉子》獲第六屆香港中文文學雙年獎)

誰都怕冬天

説　冬天冷

小麻雀卻説不

在光禿禿的樹丫上

朗誦小詩

誰都説　冬天難看

孤孤單單沒有綠意

小麻雀立在枝頭

給寂寞的老樹

添上一片

會飛的葉子

67

兒童故事篇

怕黑的安妮

　　安妮是一個又聰明又聽話的好孩子，媽媽非常愛她。但是，安妮有一個誰也不肯告訴的秘密，那就是，安妮非常怕黑。

　　安妮躺在牀上，媽媽幫她把被子蓋好，在她的額上留下輕輕的一吻後，道了一聲「晚安」，就走出門去。安妮一直目送着媽媽到門口。媽媽轉過身來，朝她微微一笑，然後，一伸手，關了燈，門合上了。

　　頓時，房間裏一片漆黑。

　　安妮連忙把頭縮進被子裏。

　　安妮已經不是小寶寶了，而是一個會讀故事書的小學生啦！小學生還怕黑，這要給人家知道，不笑死人嗎？其實，安妮有時候是很大膽的，安妮可以一個人在房間做功課，一個人幫媽媽到樓下大堂的信箱取信件，也可以一個人留在家中，等很晚才下班的媽媽回家。哼，黑有什麼了不起的，不就是天暗了一點兒嗎，我才不怕呢，我可以不怕黑的。

安妮從被子裏偷偷露出眼睛來。啊,果然,現在亮了許多。她可以看到房間牆壁上的四方塊,那是一幅漂亮的水粉畫,畫的是一個背竹簍的小女孩,沐浴着陽光,在山林間開懷地笑呢。那小女孩很好看,她背後是一片綠竹林,腳下是草葉花叢,真美呢,周圍沒有人,她的微笑説明她一點兒也不害怕。那當然是大白天呀。

安妮喜歡白天,白天有小朋友一起上學,一起玩耍,白天有説不盡的趣味,不像討厭的夜晚,除了黑,沒有什麼令人喜歡的東西。你看窗外,如果不是遠處那些時隱時現的閃爍燈光,那才叫悶人呢!咦,那影影綽綽的東西是什麼……是不是就是賣魚蛋的阿嬸所説的「鬼」?

安妮把頭一下子又埋進了被子。她在被子裏屏住呼吸,靜靜地聽。

什麼聲音都沒有。

安妮很想把頭伸出被子,因為被子裏空氣不好,實在太憋人了。可是如果「鬼」來了,讓它看到自己怎麼辦呢?它會不會發現自己?諾,就讓它只看到一隻眼睛吧,我只把一隻眼睛露出被子……哦不,眼睛很有用,讓它碰着了怎麼辦……那就一個嘴巴好了,把嘴巴露在被子外面,哦不,嘴巴要用來吃飯的……還是露出半個鼻子吧,我都快

要憋死了，讓我透透氣，我只露出半個鼻孔孔⋯⋯

安妮醒過來時，天已經亮了。昨晚上並沒有任何「鬼」來捉她，也沒有發生一點事情，唔，「鬼」是沒有的，媽媽說過，安妮不害怕。

白天過去了。安妮又看到媽媽走到房門前，跟自己笑了一笑，道一聲「晚安」，然後熄了燈，房門輕輕地合上了。

這一回，安妮沒有把頭縮進被子裏，而是瞪大了兩隻眼睛，豎起耳朵聽。屋子裏靜悄悄的，外面彷彿還有什麼人說話的聲音，對了，一切都很安靜，夜晚就是安靜的世界，人睡了，鳥睡了，小狗睡了，萬物都睡了。

　　大家為什麼要睡覺呢，如果不睡覺多好，安妮可以一直跟小朋友玩呀，笑呀，看書呀，上圖書館聽故事呀。可是爸爸說，人不應該一直做工，就像機器要添油一樣，人需要休息，到了星期天，還得身心放鬆地上教堂呢。媽媽說，我們軟弱的時候，就把自己交給上帝吧，那樣我們的內心就會平安。當安妮看到媽媽在禱告時，流下感恩的淚水時，安妮就想，那個全能的上帝一定是非常了不起的。上帝能看顧每一個人，還有安妮。

　　於是，安妮真的感到上帝在看顧自己了。她開始平靜下來，她開始像媽媽一樣悄悄地祈禱，跟神說話。果然，那些夜呀，黑呀，都退後去了，只有窗外明晃晃的月光，閃着水一樣平和的光。

　　媽媽說，我們都會長大的，膽子也會長得越來越大，會什麼也不怕的。是啊，黑有什麼可怕的呢，我才不怕呢，我不是個怕黑的小姑娘，安妮什麼也不怕呢！

　　是的，你看，天亮了，太陽像美麗的仙女一樣走進房間，引着小安妮起牀穿衣，背書包上學。萬物是這樣地平和，生活是這樣地有序，小姑娘安妮一天天長大，她不會再怕黑了。

小米婭的二十元

透過高高的玻璃幕牆，可以望見遠處的海，陽光擠入樓屋的縫隙，將縷縷暖光灑進商場內，在小米婭的臉上塗上喜悦的色彩。

小米婭一心想要那座木工製作的玩具，那可是一個十分可愛的木製小兔子呀！還有小木貓咪！她已經喜歡它們好久了。

「媽媽，我可以要那個小木兔，或者小貓咪嗎？」小米婭問。

忽然，商場出口處一陣熙攘，好像發生了什麼事。

「什麼事？」媽媽向旁人問。

一些人匆匆地趕過去，有看熱鬧的，有維持秩序的。

原來，有個婦人拿了貨物，沒有付款便步出商場。她大概在為自己辯解，但似乎作用不大，她身邊還立着個小姑娘。不一會兒，警察來了，婦人去了警署，米婭看到那小姑娘離去的時候，回過頭來瞟了自己一眼，她跟米婭差不多大。

人們在議論，大約是在指責那位做母親的吧。

「為什麼她媽媽不付錢就走呢？」米婭問。

「也許，她不夠錢。孩子。」媽媽說。

「她可以不買，但不可以偷竊，對嗎，媽媽？」米婭問。

「是的，孩子。人往往不能抵住誘惑，這比指責他人的過失要艱難得多──我們每個人都一樣。」媽媽說。

米婭望着媽媽，她好像聽懂了，又好像沒有聽懂。

「媽媽，我可以要那個玩具嗎？」米婭又想起了她的小木玩具。

媽媽笑了，「去吧，孩子，你去付錢吧！」

米婭高興得蹦了一下。可是她實在拿不準是要小木兔子，還是小貓咪。媽媽說：「我到商場女裝部去看看，你上那兒找我好嗎？」

小米婭應了一聲。她是要小木兔子呢，還是小貓咪呢。兔子活潑，貓咪可愛，她眯起一雙眼睛，看看這個，摸摸那個，最後，她拿着兔子步向了收銀台。

收銀員很快地把錢找給了小米婭。

小米婭把錢往口袋裏一塞，快樂地抱着小木兔子向女裝部跑去。

幾個硬幣在口袋裏相互撞着，發出叮叮噹噹的聲響。米婭停下步來，從衣袋裏掏出零錢還有一些紙幣，一數，她的心跳了。

她竟多了一張二十元的紙鈔！

是收銀員找錯了錢？

米婭向附近望了一眼。

沒有人看見我。收銀員是多找了二十元給我，這錢是我的。她感到一陣興奮。我可以再儲一些，把那個小貓也買下來。

或者，我可以買一個漂亮的小文具盒，可以在自動售賣機買歌星舞星的閃卡，還可以去日本零食物語店，買心愛的牛奶巧克力……

她走過玻璃幕窗前，望着遠處太陽的光影，忽然不動了。

媽媽説，人往往不能抵住誘惑，這比指責別人要艱難得多了……她想起那個小女孩回過頭來的眼神。她是慚愧母親的行為嗎？或者她是怨恨，怨恨她家庭的貧窮？

米婭把手伸進衣兜，二十元紙鈔疊躺在手心裏。

一個聲音説：我不是偷竊來的，所以我可以擁有這二十元。

另一個聲音説：這錢不是你的，你不可以把它佔為己有。

一個聲音又説：沒有人看見，我可以使用這二十元。

另一個聲音卻説：用不屬於自己的錢，同拿別人的東西有什麼兩樣呢？

小米婭開始往回走。

媽媽説，我們每個人都一樣，要抵制誘惑是很困難的。

米婭跑了起來，氣喘吁吁地跑到方才的收銀員那兒，把二十元紙幣遞上去：「姐姐，你剛才多找了我錢。二十

元。」

收銀員驚訝地轉過臉來，和氣地問：「小朋友，請你把收據給我看看好嗎？」

小米婭把錢和收據一股腦全掏出來，遞過去。

收銀員看了一下，然後笑了：「小朋友，沒有錯，這種玩具剛好在推廣，優惠了二十元呢！」

啊，是這樣，小米婭眼眉兒彎彎，舒心地笑了。這是一種打心底裏發出的笑，那是一份從未有過的快樂，比買到心愛的小木兔子更快樂。

小米婭把事情的經過告訴了媽媽。媽媽說：「小米婭，你今天考得了人生路上屬於自己的第一個一百分。」

窗外的陽光透進來，把小米婭的小臉蛋照得亮燦燦的。

我是男子漢

最初我是肯定不想哭的。

可是，我怎能忍得住呢，我最心愛的小龍貓，牠不動了。

我的龍貓是一隻很活潑的小動物，牠喜歡獨自一個人玩，鑽進那架滑輪車裏，就一個勁地爬着轉着，一點也不害怕，好像牠是一個天生運動員。牠不怕生人，你走近牠，牠會仍舊怡然自得地玩着，好像天從來就不會塌下來。

可是，天，真的塌下來了，因為，小龍貓死了！

我大哭起來。

媽媽十分吃驚地從房間跑出來，對小龍貓的死，起初還抱着幾分同情，但沒有幾分鐘就變了語氣了：

「哭什麼呢，唉，再買一隻算了！」

「再買一隻？」你看她竟然可以這樣說！再買一隻，牠也活不了哇，啊……我哭得更傷心了。

如果不是外婆知道了這件事，把我從媽媽這兒接走，我也不知道自己要哭多久！媽媽在我出門口的時候，擲給

我一句話：

「這哪兒像男子漢，跟一個小女孩一樣！」

這句話實在太傷我心了，我坐在巴士就一直在想這句話，弄得外婆不知怎麼一回事，還以為只要她接我去玩，我就不哭了吧。外婆說：「佳佳真乖，外婆陪你去飲下午茶。」

「不要。」我回答得很乾脆。

「咦，奇怪，小佳佳不是最喜歡飲茶吃芝麻餅嗎？」

「不喜歡了。」我又回答。

「那我們去行街街。」

「不要，」我氣鼓鼓地說，「我要回家。」

外婆吃驚地望向我：「我們這不是在回家嗎？」

「我要回自己的……」我覺得這話說得不對，忙改口道，「我要回媽媽的家，我要再看看龍貓。」

「不要啦，媽媽已經把牠扔掉了。」

我瞪大了兩隻眼睛，望向外婆：「不會的，我不要扔掉，不要扔掉！」我急起來，眼淚又掉下來了。

「不會，不會，我說錯了，等我打個電話問問你媽媽。」

外婆轉過身，用手機跟媽媽悄悄嘀咕，我也懶得理她

們，很顯然，她們是準備一起來對付我，肯定是把龍貓丟掉了！我的龍貓真可憐⋯⋯

我覺得眼淚又要湧出來，便使勁地忍住。那家賣龍貓的店主說，龍貓的壽命會很長，可是在我這兒才一個月，怎麼就突然死了？這真令人費解，吃得多了，還是睡得不夠？這龍貓多健康啊，又勇敢，牠從來就不會哭——這是媽媽說的。你看她竟然拿我跟龍貓比。不過，的確如此，我的龍貓每天都是開心的，牠從來就不哭⋯⋯

「乖佳佳，我們這就去買龍貓，我跟你媽媽商量好了⋯⋯」外婆轉過身來摟住我，我卻用力掙脫出來。

「怎麼啦？」外婆不太明白，吃驚地望着我。

我不說話。

外婆伸出手來摸我的額頭——她以為我病了嗎？哼。我此刻的心情，是沒有人能夠明白的——只有那隻小龍貓。

事情的結果是，我沒有再買一隻任何一隻新龍貓，路過賣龍貓的舖頭時，我還惡狠狠地翻了那店主一眼，弄得那個店主「丈二和尚摸不着頭腦」——愣在那兒發呆，這倒令我有點兒內疚了。

我把龍貓埋葬在郊外公園的山腳邊。

我先是挖了一個小坑，坑很深，腳下的泥土散發出一

股淡淡的泥腥氣。天氣潮濕，風有點兒涼，可我卻出了一身汗。我把龍貓小心地放入一個小木盒子，這是一個精美的小木盒，是爸爸送給媽媽的朱古力盒，裏面還留有微微的餘香。

小龍貓很安祥，好像睡着了一樣。不過，我知道牠是死了，因為牠不會再醒來了。我這麼想着的時候，沒有哭，一點也沒有。我不會再哭了，我要像小龍貓那樣，像個男子漢，活得快樂，勇敢，也懂得珍惜。

班上來了個小長今

（榮獲 2005 年香港教育城「十本好讀」）

我叫戴少金

好像誰都在巴望來點兒新鮮事，好讓這沉悶的課堂，生出些趣味來。這不，新來了一位插班生，而且是女生哦！嘻嘻！

先別打聽這女生是打哪來的吧，僅從她的外貌看，就夠人眨眼皮的，連最頑皮的小男生，都至少會在她身上停留三秒鐘。這女孩子皮膚白皙，身形小巧卻充滿力量，就像一匹草原上的白馬，彷彿一伸蹄兒，就能奔出千里；她的眼珠像烏雲般地黑，一眨一眨，黑色的睫毛蓋下去，又浮起來，攝人魂魄似的神秘。怪不得不知誰陰陽怪氣地嚷了聲：

「嘿，好靚哦……！」

女孩徑自走向那個空座位，好像什麼也沒有聽見，什麼也沒。這真奇怪呐，她應當害羞，或者害怕，或者表示友好……或者哪怕是來點小小的抗議也好嘛，總比「當人

沒到」強，多沒癮啊！上課鈴已經響了，老師就要走進課堂啦，這種時候不鬧一下，啥時候鬧呢？坐在前面的小個子男生早沉不住氣了，三番五次地回頭望，有人就大聲問：「喂，肥仔雲，看什麼呀？」

「看書啊！」肥仔雲高聲答。

「哈哈看書哦……」大家都笑。如今的學校哪，找一找，數一數，有幾個愛讀書的螞蟻？就說這間學校吧，學生的總成績永遠像是在深淵裏喘息的雲霧，升不起來的；平日裏那罵架吵鬧的事是經常發生的；學校沒預科班，到了升中六時，一個個出外尋學校找出路，那才是讓人頭疼的事哩！在這樣的學校裏讀書，老師不被氣得兩眼發花才怪呢，常常呀，一堂課要用半堂整頓紀律，女老師哭鼻子的事也不止一次啦……也難怪，今天班上來了個漂亮女同學，怎不引來旁人眾多的議論呢——

「她是從哪來的？」

「她叫什麼名？」

「好像很傲慢的樣子哦！」

「靚女……」

新來的女孩也不說話，坐着，靜靜的，像一片靜雲。坐在她身後的正是頑皮大王周星馳，他不失時機吹了一聲

口哨，立即有人起哄了，有了「噓」聲，也有了更多的嘻嘻哈哈聲。新女生的前面位子，坐着的正是班長李惠芳，她向新女生友好地點點頭，「嗨！」了一聲，算是打招呼，可新來的女生只是張了張嘴，想說什麼，卻沒發出聲音來。

「她是啞的！」有人聰明地叫道。

「哎呀呀，太可惜啦！」有人跟着起哄。

「怎會是啞的，亂講，這間又不是特殊學校……」有人分析道。

「莫歧視人喲，這好似不公平哇！」有人在打抱不平。

人們發現，坐在座位上一動不動的新同學，臉一陣一陣地紅，忽地，她立了起來：「誰啞巴啦？見鬼！」

一口純淨的普通話！那聲音像雪山飄落的冰凌似的，又透明，又好聽。一下子，全場都被鎮住了。不知誰學了一聲：「見鬼！」

這不鹹不淡的普通話，立即引來一番取笑聲：「哈哈……」

如果不是吳老師唬着臉走進來，課堂不知什麼時候安靜。

「給大家介紹一下新來的同學，她叫，」吳老師頓了頓，「她叫戴少金，是從內地……哈爾濱來的。今後你們

要多多幫助她，她暫時還不能習慣廣東話。不過她考入學試的成績卻相當不俗……」

老師在講話，下面的同學卻像彈玻璃球似的，笑語不斷了：

「什麼哈爾濱，黑姨餅？」

「哈哈，搞錯啦，是哈哈鏡……」

「喂，聽清楚了，她好像是叫什麼……大長今？」

「是大小今，大長今是她的靚姐姐……」

老師在用白板擦子猛拍講台：「安靜，安靜，新同學叫戴少金，不是……」她好像覺得這樣說不好，又會給學生找了玩笑的口實，便又收了聲。

頑皮學生才會抓機會呢：「Miss 吳，她是大長今的妹妹！」

全場大笑。

忽然，新女生站了起來，掃視全場後，開口道：「對不起，各位，本人叫戴少金，戴，佩戴的戴，少，多少的少，這是個多音字，須唸第四聲——注意，是少，不是小，小與少普通話發音完全是兩碼事！金呢，就是金色的太陽的金，沒錯，與今天的今字同音。但本人同大長今毫無關係，請各位尊重點！」

女生像是完成了一篇即興演說，話音落地，人已坐定，頭也不抬，也不瞧誰一眼。

一時間，全班都啞了。

是大家都沒能力聽懂普通話嗎，還是聽懂了卻沒辦法反駁呢？或者，是因為這女孩子身上的一股凜然的氣勢，把大家「鎮」住了呢，還是女孩子那悅耳的聲音，令鬧事者們一時沒反應過來呢？反正，吳老師接下來上的課，出奇地順利。從她轉身抹擦白板時嘴角微微露出的笑意中，可以判斷，是不是那吳老師也在心下猜度，是什麼新鮮的東西，把這渾濁的班風給衝擊了一下呢？

不簡單的小長今

課照舊一節一節地上，每天都一樣。但細心的人就會發現，班上有些事情不一樣了。

比如說頑皮大王周星馳吧，就有點兒引人猜想。

這位「明星」級人物，平日可是老師最頭疼的天不怕地不怕的頑皮學生啦！他那種上課遲到、講髒話、抄功課、考試出貓*的「本事」，不知挨過多少回「批評」，又記了

---

*出貓：指考試作弊。

好多次缺點。他好像也不在乎，校長都拿他沒辦法。那一回與人打起架來，一個不知輕重的小同學，揭了他的老底，說他是靠拿綜援來讀書的，才輕輕嘲笑了一句，結果被他憤怒地一出拳，打得眼鏡飛上了天，額頭長出個大栗子來！

那還了得，學校差點沒開除了他。但是，總不能不幫助他吧？這間擁有基督精神的學校只能耐着性子開導他。現在怪了，沒有特別的教導，我們的「明星」，好像有了脫胎換骨的表現。有一回，有人聽到他與新女生的一番對話，不知是真是假：

「你叫明星？」

「哪裏，嘿嘿，是同學仔這樣叫，我叫周星馳。是阿爸給我起的名——他喜歡看電影。叫我阿馳好了，你呢？」

「你不記得我的名啦？」

「噢，不是，是問誰給你起的名，真好聽。」

「好聽？我才不喜歡呢，我是少字輩，爸爸愛錢，就叫金，就是這樣。」

怪哉，這同「金色的太陽」的解釋相去甚遠啦！小長今的家庭背景究竟如何，無人知曉。不過，問題是，阿馳從來就不會主動與女生搭話的，有人解釋他這人是「男權至上」主義者——看不起女生，而又有人說因為他祖母從

小就跟他説「男女授受不親」的道理！這種話笑死人，誰相信，他完全是為了想扮「酷」吧！瞧，現在果然證實了吧，來了個漂亮的小長今，一切都變了。於是有人開始扮傻了：

「喂，真好聽！」這個説。

「我説真好聽哦！」那個也説。

不知內情的人不明白在搞什麼名堂，那説話的人眨着眼睛不知有多開心！莫名其妙的旁人只好翻着白眼説：「傻啦……」

觀察家們又發現，這位「明星」最近的舉止十分新鮮。比如，他不再遲到了，排隊去早會他也沒有那麼多廢話了，甚至連老師看他的眼光都不同了，那天吳老師還讚他「醒目」！前天來了一個實習老師，正當他對鬧哄哄的課堂不知如何是好時，只見周星馳對着那幫不知天高地厚的男生喊了句：「喂，莫吵啦！」一下子全班都靜了，誰敢不聽「明星」的話呢！

嗨，他……真是匪夷所思哩！

於是就有人就傳話，説那全是因為有了個戴少金！

戴少金有這麼大的魅力？

不錯，這位新來的小女生，的確有點兒與眾不同。她平日不愛多説話，但上課發言時卻能雄辯滔滔，她被公認

為長得漂亮，卻毫無扭捏作態的嬌樣兒──不知誰説她像周慧敏呢，也有人説她就像大長今──最重要的是，她插班以來的成績一路上升，最近的一次英文小考，小試牛刀，竟然拿了個全班第一！哇，怎不令人咋舌啊！

本來嘛，誰個不關心自己的成績呢，可是你看看，真正用心讀書的又有幾人？成績掛在嘴上，行動上卻常常逃避讀書，許多人把上課用來打瞌睡，或者猶如等判死刑似地熬着時間過去，一聽下課鈴響，就一下子精神了，唉，考試嘛，就臨時抱佛腳，如果好運氣就會撞上個好成績啦。戴少金就不以為然地説：

「奇怪，平時不努力，怎會有好成績呢？見鬼！」

有人就不服氣了，背地裏批評戴少金傲慢，又説她是個不合羣的女孩，但立即就遭到了反對──比如小個子芝麻汀，就不這麼看。

「她才不簡單呢！成績好嘛，對自己要求高有什麼不好？」芝麻汀説。「人家本來不識粵語，卻照樣好認真聽課，現在同我們溝通得越來越好呢！」

經小個子芝麻汀這麼一説，大家想想也是啊，於是都認了──小長今啊，是有些不簡單！

其實，芝麻汀的話自有來頭。

哭與不哭

就是前天下午，不知怎地，有人見到小個子芝麻汀獨自躲在洗手間裏哭。上前一問，原來她説給好朋友聽的悄悄話，卻被傳了出去，令她感到自己被出賣了一般，十分傷心。細細一打聽，那位好朋友是誰呢，喏，就是最愛唱歌的李香香啊！

李香香是個快活人，有什麼事她最愛第一個打聽，而且很快就有第二個人知道，這誰不曉得呢。偏偏芝麻汀與她是好朋友，那天她同李香香聊天，便説男生周星馳好酷，是她心目中的偶像呢！結果現在竟有人笑着問芝麻汀：「你不是暗戀阿馳吧？」

這下子把芝麻汀弄了個大紅臉，她當然一口否認。但是當她躲進洗手間的時候，還是忍不住哭了起來。本來一兩句不中聽的話，引來一些小插曲的事，天天都會發生，可是在學校就是這樣，好像一旦有人哭起來，再小的事情也變大了。有人告到吳老師那兒，吳老師自然要找來李香香問。李香香臉紅了一陣，便坦白自己的過失，説自己也是無意中説溜了口，並無惡意，而且自己真的與芝麻汀是好朋友，弄壞了與好朋友關係，很不安呢。吳老師便説：

「那你打算怎麼辦？」

「向她道歉嘛！」李香香倒也直爽。

李香香在操場的樹蔭下找到芝麻汀，一開口就說：「對不起，芝麻汀，是我不對……」一時間傷感了，竟也哭起來。

在不遠處看書的戴少金見了兩個人對哭，忽然笑起來。

這一笑，弄得兩個女孩子哭也不是，笑也不得。

小長今把書裝進書包裏，輕快地走來，說：「這點小事值得一哭？她哭，你也哭？嗯，想一想，其實很幼稚。」

喂，這小長今怎麼這樣說話？李香香連忙抹去眼淚說：「是我不對嘛，我不應該沒有為她保守秘密。」

「什麼叫秘密？」小長今問。

一下子問啞了兩個人。

小長今掰着手指頭說來：「所謂的秘密話，無非就是──不跟父母講的話啦，如此而已，對嗎？嘻嘻！」

兩個女孩你看看我，我看看你，好像對，好像又不對，說不上來，於是四隻眼睛又望着小長今。

小長今的嘴巴皮子像兩片玫瑰花瓣，好像能吐出芬芳的話語來：「其實，如果真是秘密話，那就放在心裏，讓它爛掉就是了，誰也不知道，就像從來沒有存在過一樣，

那就乾淨啦，還什麼哭不哭的呢！既然可以拿出來講給一個同學聽，自然就不怕講給另一個同學聽。況且……」她突然頓住不說了。

「況且什麼？」李香香很想聽下去，便問道。

「況且，這芝麻點大的小事算什麼，什麼暗戀啦鍾意誰呀，愛情是遙遠的事，現在一點事就哭，那若果遇着天大的事，怎麼辦？嘻嘻，我才不會哭呢！」

一句「愛情是遙遠的事」把兩個女孩子說愣了。現在學校裏不知有多少人正在公開或非公開地拍着拖呢！好像沒有拍拖的人，反而被人嘲笑似的，可戴少金今天卻有這樣新鮮的說法，真讓人刮目相看。這倒讓人想起了一些閒話，有人說，曾經看見阿馳和小長今一起約着出街了。這消息沒有人能證實，因為誰不知道阿馳的傲氣，他能約女生出街？別笑話了，在別人一個二個不斷拍拖的當今，周星馳正是以他的從不拍拖聞名的。你以為有人同你拍拖就「威」，可阿馳說他根本看不中周圍的小女孩。於是有人猜，也許正是這種觀點與小長今不謀而合吧，你看人家小長今，對拍拖的女生嗤之以鼻，很是不以為然。那麼，她跟他……怎麼說呢！

於是有人出主意說跟蹤他們倆！可是，說也奇怪，事

情的結果是，竟沒有人發現任何的破綻！

瞧，話題又扯遠了。現在，小個子芝麻汀在心裏想的是——這位小長今，的確不簡單！

一個不簡單的小長今！她絕不會像其他女孩子那樣，動不動就哭的。有誰能想像小長今哭哭啼啼呢？你看，她不說話時，就像冰，說話時呢，就像火；別的女生書包裏會藏着小鏡子小梳子或者巧克力餅乾之類的，而她呢，書包裏除了書還是書！走到哪兒，總是「手不釋卷」哪！她最關心的好像只有報紙——注意，不是那些娛樂版哦，而是新聞版，是那些讓人看一眼就算的頭版！像沙蘭鎮發生幾百學童被洪水沖走的事，她竟拿着報紙，整個人就發愣了。旁人還以為她病了呢！瞧她一語不發，呆若木雞的樣子！

於是有同學就去翻看她的報紙，雖然噴噴嘴，對死了孩童的事感到很可惜——可那種事只有內地才會發生吧，離香港遠着呢！真不明白小長今幹嘛傻了似的，坐在座位上兩眼發直，那神情真叫「充滿悲情」。

芝麻汀眼睛一閃，很有把握地說：「我知道，因為，哈爾濱……也在黑龍江！」

哦，哈爾濱來的女孩，當然會……這果然是很有聯想

力的聰明想法。可是人家戴少金卻抬起頭來，朝芝麻汀淡淡地望了一眼，把報紙一收，説：「唉，沙蘭鎮啊，關哈爾濱什麼事！」

誰也沒明白戴少金説的是啥意思。也許，那報道中還有更深一層含義？於是，大家又去細細翻看報紙，現在就不再走馬觀花了，而是仔細地像戴少金一樣地認真，彷彿想從中尋找出一點特別的東西來。學校統一訂閱的報紙從來沒有像現在這樣廣被利用，而且是被搶着查閱了。

什麼叫「愛」

現在芝麻汀對戴少金有點兒崇拜。她有沒有成為小長今的心腹朋友沒人知道，因為想做小長今好朋友的人，還不止一人呢！莫説是芝麻汀喜歡小長今，就連班長李惠芳，也對小長今另眼相看呢！

下午放學的時候，數學科張老師突然收到李惠芳的「辭職信」。原來，學校派李惠芳和外班的兩個男生，一同出席校際數學聯賽。張老師感到壓力很大，一早找來許多資料安排他們三個多做練習，還進行了好幾次模擬式的比賽訓練。

現在，眼看快要比賽了，李惠芳突然提出要退出比賽小組！

這可把張老師急壞了！他一方面大惑不解，另一方面四處打聽李惠芳「辭職」的真正原因。

那李惠芳的理由聽起來還真讓人撓頭。

「我肯定不會參加的！」李惠芳這樣說，「我們的對手隊原來是……是我過去的母校！」

所有的人都犯難了。是啊，李惠芳是從那所對手學校轉來的，她是那樣愛她的母校，轉校時，她還哭了很久呢！現在讓她與那間學校的學生比賽，的確是有點為難。

「如果不是搬家，我肯定不會轉校的。」李惠芳情深款款地說。「現在叫我如何與自己在母校讀書的師兄師妹競賽，大家坐在台上……我不可能發揮得好，我不願意同她們搶題爭分奪名次！」

大家都沒有辦法，看來只有換人了。

下午的公民教育堂上，老師讓大家自由討論議題，有人就勢提出這樣一個題目：「什麼叫愛？」

這個問題真有點刺激呢，讓人不能不浮想聯翩。

肥仔雲與李惠芳在一個小組，他向班長發問道：「班長，過去你愛你那所曾就讀過的舊校，現在你讀我們學校，

兩個母校，你會更愛哪一個？」

更愛哪一個？這個問題……李惠芳猶豫了半天，才無可奈何地說：「兩個都愛。」

的確，兩個都愛，怎麼辦？

「以後可能還會有各學校之間的比賽，如果再遇到兩個母校競賽的事，你都不會參加嗎？」芝麻汀小心地問。

李惠芳很堅定地點頭。

「你總不能因為母校，而不讓自己有機會發揮所長吧？再說，你不替我們學校爭榮譽，多少顯得你維護你的舊母校。」坐在她身邊的李香香，快人快語地說。

這話令李惠芳十分很詫異。是啊，她並沒有想到這一層。

戴小金卻說：「話也不能這樣說，我明白班長的為難處。」她攏了攏耳畔的頭髮，「照我看嘛，人是有感情的，對母校更是如此。會懷念，會紀念。但是我卻認為，愛母校與參加校際學習競賽完全是兩碼事！」

她這一說，大家想，對呀，好像有道理，便等着這位小長今講下去。

「比如你有母親，但不代表你不同母親下棋比賽，不向母親提問和挑戰，如果母親真的愛你，她一定希望你有

出色的表現，而不是你不打自敗，自取滅亡！」

一聽「滅亡」兩個字，有人就偷偷地笑。戴少金口裏的詞彙總是有點特別，不過大家似乎都能明白這女生的意思。

「人是有感情的動物，我們有對母校的愛，有對母親的愛、父親的愛，還有對朋友的愛……」

「還有男女朋友之間的愛！」肥仔雲嘻笑着説。

馬上有人偷偷朝周星馳那邊的小組探頭探腦。人們發現，周星馳果然變了，不但是老師請他擔任那個小組的組長，而且，他還很像模像樣地組織同學發言。

「那是什麼愛，肥仔雲，講明白點嘛！」有人趁機笑鬧。

「當然是愛情嘛，那還用説！」肥仔雲也不臉紅。

「什麼是愛情？」有個女生追問道，這個話題似乎遠了，有人在望吳老師。

吳老師不慌不忙地説：「那好，同學們可以討論什麼叫愛情。」

「不在乎天長地久，只在乎曾經擁有！」男孩子在叫。

「在天願為比翼鳥，在地願為連理枝！」女孩子在叫。

彷彿一談到愛情，少男少女個個都成了詩人了。

「愛你不棄不離不在意一路有多少風雨……」男生在唱。

「我怨自己太亂心太軟……」女生在唱。

亂了套了！

許多人在笑，但似乎同以前的取鬧不同了，大家彷彿都在等着答案，等這個方程式的解題法。於是，有人就嚷：「戴少金，你如何看呢？」

遙遠而美好

戴少金真的站起來了，她習慣地把耳畔的頭髮攏了攏，說：「愛哩，其實大家各有各的理解呀！不如，我講一則小故事啦！」

於是，小長今講起了她的故事：

「古希臘的哲學家柏拉圖有一天問他的老師蘇格拉底，什麼是愛情，老師想了一下，就叫他去麥田走一遭，說，不要回頭，摘一棵最大最好的麥穗回來，不過，只可摘一次哦！於是，柏拉圖信心百倍地去了。可是，柏拉圖回來時卻是卻兩手空空的。蘇格拉底說：那就是愛情。」

這是什麼意思？這故事好像把愛情説得空洞無物？還

是另有深義？於是班上就像雨點兒落進了池塘一般，你一言我一語，冒起了無數的小水花兒。這個説他的見地，那個談我的理解。

美好的愛情啊，是遊戲人生的拍散拖呢，還是你情我願的一夜情？是陌生人之間的一見鍾情呢，還是見異思遷的先結婚後離異？愛會發生質變嗎，如何保持愛的永恆……哦，愛情原來有許多我們還未能弄明白的道理，愛情還包含着許多我們讀不懂的崇高或卑微……

只聽得有人在笑問：「阿馳，你怎麼看？」

大家「唰」的一下，把眼光全都集中在周星馳身上了。

阿馳一聽連連擺手：「不不，還是請教小長今吧。」

呀，從來趾高氣揚的「明星」竟臉紅了，而且竟然把「請教」二字用在我們的小長今身上囉！大家彷彿也都個個人同此心，呼拉拉鼓起掌來。

小長今站起來謝過大家，仍用她那好聽的普通話説道：「屬於我們的愛情只有一次，你就會很謹慎對待愛情，很珍惜愛情，如果可以任意隨便，有無數次的愛，那豈是愛，那只是類似吃飽肚子的慾望。我們不要把友情當成了愛情，神聖的愛情只有一次，而且是靠自己的心去維護的。」

全場都靜了，連吳老師也不住地點頭。

　　也許，對於年輕的少男少女們來説，愛情，的確是太深奧的事，也像小長今所説的是「太遙遠」的事了。不過，她卻是像一輪明月，那樣遙遠卻是無限美好地光照在天上，讓每一顆年輕的心，漾起遐想的漣漪……

　　下課了，同學們走在校園裏，忽然覺得那空氣更清新了，太陽好像更溫暖了，校園變得更清新更誘人了。男生與女生打了個小小的招呼，好像也有了完全不同的內容。

　　阿馳大大方方地與小長今走在教室外的長廊上，陽光照在兩張年輕的臉龐上，亮閃閃的，兩個健美的身形映在校園中，就像最好的畫家用工筆勾勒出來的優美圖景。沒聽見再有人説閒言碎語了，李惠芳仍然去參加校際數學比賽，據説還捧了個獎盃回來。那周星馳在期末考試中，竟破天荒地來了個突飛猛進——就算抄襲也抄不了這麼好啊，當然不是！他總分進了年級前十五名！

　　有人説，那是愛情的力量（對不起，絕不是挖苦），有人則説，不是，那是友情的鼓舞（那麼你説呢，同學？）反正，有一點我相信，一定有許多人在心裏頭説——

　　哦，小長今，你真不簡單！

作者補誌：

　　這篇小說的靈感源自於 2004 年的韓國一部電視連續劇《大長今》，這部影片的熱播，令大長今這位堅忍不拔的個性人物不脛而走，幾乎無人不曉。我也為她的不卑不亢溫文大方的氣質所感動，這是我喜歡的女性氣質。突然，我的腦海中跳出了「小長今」這個信號。由此，便想到了逆境，想到了孩子們也需要有一種面對逆境的勇氣與能力。於是，一個從內地來的對陌生的香港一無所知、卻必須鼓起勇氣去面對的女孩子的形象，就這樣產生了。當時的確是應出版社邀請，趕在一年一度的香港書展前完成的。我只是沒有想到，它的出版會引起某種程度上的哄動效應，孩子們的閱讀認同，給了我很大的鼓勵，由此我將它創作成一個以《小長今》為名的系列故事。

Band 5 的孩子們

這是聖誕節前夕的一個夜晚，優雅寧靜的聖安娜酒店大堂前，聳立着一塊鮮亮的迎賓彩牌，輝煌的射燈下，彩牌上「賈府迎親」幾個字，顯得喜氣洋洋，熱熱鬧鬧的。我們都知道這「賈府」當然不會是《紅樓夢》中的大觀園囉，她是格雅老師，今天她要嫁給賈姓人家了。

現在，披了盛裝的格雅老師——不，格雅新娘子正忙個不停呢。親友們陸續地來，諾大的宴會廳賓客雲集。拍照、祝福，向這個説謝，跟那個道安，認識的來了，不認識的也來了。細心者卻發現，我們美麗的新娘子，有幾分忐忑，些許的不安呢。她是在期盼誰嗎？

是的，格雅老師在期盼……她的學生。

學生？是那些調皮搗蛋、整日惹事的 Band 5 *學生嗎？

正是。

格雅老師心裏當然是七上八下的。

---

* Band 5：以前香港的中學按學生成績分流為五個組別，Band 5 中學是級次最低，即學生成績最差的一個組別。

誰讓她的婚事放在此時——調到這間倒霉的差勁男校後！她還記得，那天第一次上課時，她就被氣哭了。為首的那個叫林錦輝的，簡直就是個山寨猴大王，彷彿只要他一揮手，所有的小猴都會跟着他亂蹦亂跳，瞎起哄。你批評他一句，他可有十句在那兒等着哪。你這兒眼睛一紅，他竟打起哈哈來：「哭啦？哈，來看戲呀，免費的！」一副貧嘴滑舌的模樣，簡直把個小教室攪得像王母娘娘的蟠桃園，最後要等訓導主任出場，才把事情擺平。

怎麼辦？格雅老師雖說年輕，但到底也是教了幾年書的嘛！為了引這幫頑猴對中文課有點兒興趣，她可算出盡了法寶，不是出外參觀，就是觀看影片；不是話劇比賽，就是辯論演講；把這猴子們哄得團團轉，到後來一個個還真來勁了呢，竟辦起什麼文學詩社來！

但頑猴們大約終究是改不了習性的，不斷有地理啦、公民教育啦、聖經科的老師走來投訴，歎着氣叫：教這全市最差級的 Band 5 學生已經夠受了，可格雅老師呀，你們班的學生可是這 Band 5 中的 Band 5 哇！

這怎不讓格雅老師頭痛！

格雅老師無奈。可不是，十年栽樹，百年樹人，這急不得的哩，慢慢來吧！此刻，讓她感到有些微微不安的倒

是，前日在午餐時遇見那個讓人頭疼的林錦輝，他竟鄭重其事地對她説：「老師，我們要去喝你的喜酒吶！」

一時間，格雅不知該怎樣回答。説不行吧，怕得罪了人；説行吧，這些調皮蛋們怎讓人受得了？大約她的表情很古怪吧，要不然林錦輝怎會一臉尷尬的模樣。格雅老師意識到了，連忙説：「好，好啊！」

這心裏卻一個勁地打鼓呢！我的小祖宗，你們可別攪了我的婚禮啊！

還好，離正式婚禮還差半小時，客人們都到得差不多了，那邊預備的一圍桌，還空盪盪的。「小祖宗們」還沒有出現。

他們來嗎？或是不來啦？

樂聲與歡聲洋溢，正前壁，諾大的鍍金囍字鮮亮地耀着，一對美麗的金鳳凰燦燦飛舞，格雅帶着鮮花般的笑容簇擁在賓客之間，一羣又一羣，一夥又一夥，倒不完的茶，寒不完的暄，歌聲繚繞，格雅的視線也在四處旋轉。

驀地，她的目光停住了。

入口處，擁進了一大幫男人。

是的，是他們！

説他們「男人」，是因為那陣勢的雄偉——校服不見

了，換成清一色的深色西裝，一張張神聖的臉，領帶，紅花，白襯衣。瘦高高，筆挺挺，矮的，胖的，臉蛋圓的或長的，發育成熟或不成熟的，齊刷刷地站了一溜。不知誰帶了個頭，這一眾「西服仔」忽地一起雙手躬起，齊齊叫道：

「格雅老師，恭喜！」

全場賓客的眼光「唰」的一下，都射向了他們！緊接着笑聲四起，大約是見到這羣好特別的賀禮嘉賓吧，議論紛起。羨慕的，讚賞的，驚訝的……

是學生，是新娘的學生呢！

遠遠地，格雅的臉頓時紅了。像太陽般紅，像月亮般美，像醉酒般熱烈，像旌旗般搖晃。是欣喜嗎？是激動嗎？她不知道。只覺得眼睛濕潤了，嗓子發乾，一時竟說不出話來。

迎賓的小姐細聲細氣說：「來來來，帥哥們，請上前，先與我們的新郎新娘合個影兒！」

所有的攝像機、照相機都來了。兩隻金鳳凰像是要飛將起來，大紅囍字像頑皮的孩子般嘻笑着，鏡頭前，一羣西裝白領男子們，簇擁着幸福美麗的新娘子。

站在格雅老師身邊的林錦輝，壓低聲悄悄說：

「老師，我這西裝是跟我老爸借的呢！」

作者補誌：

　　這個故事中的「穿西裝參加婚宴」的情節，來自一個真實的故事。十年前，我的一位在中大讀教育文憑時的女同學，在聚會時談起了這件事，這個令她感動得幾乎落淚的細節，在我心中泛起漣漪。我在想，每一天，我們有多少優秀的教師在默默地奉獻着她們的青春、她們對教育事業的赤忱呢？而即使是「頑皮搗蛋」的孩子們，他們的內心深處又怎不明白老師們的苦心耕耘呢？於是，我創作了這個故事，以此獻給我們可敬的老師和可愛的學生。那時，坊間流傳一種分類，被稱作「Band 1」的學校是大家最想去的好學校，而「Band 5」自然是相反。據說現在坊間已改變了分法，只有「Band 3」以上的類別了。我在出版這本書時，仍舊保留了它最初的模樣，就不改標題了。我在想，無論是什麼「級別」，我們的每一位教師都會用同樣的熱忱去教育我們的下一代，在孩子成長的過程中，老師永遠是孩子至誠的朋友與親人。

紫藍色的綢結子

　　我家的附近有一座大教堂，每當星期天，我就可以聽到它洪亮而清脆的鐘聲。我爸爸説，那是平安的鐘，是喜悦的鐘，誰聽到了，都會得到祝福。我常常把爸爸掛在嘴邊，別誤會，這不是心理學家們説的什麼戀父情結，而是因為我從小就沒有媽媽。我的媽媽親切地藏匿在我的小銀包裏。在錢包的透明格子裏，有八達通，有身分證，還有最後一個暗格裏的媽媽。媽媽微笑着，臉頰兩旁是兩簇彎曲的鬈髮，像兩朵美麗的烏雲，用綢結子扎着。

　　「那是蝴蝶結。」爸爸糾正道。

　　我卻寧願稱它作綢結子，紫藍色的綢結子，好漂亮的綢結子。媽媽愛唱歌，做夢都想當歌唱家，可她的夢早已擱淺在生命的盡頭了。爸爸説，那時候她懷了我，我的出現給重病的媽媽帶來了希望，她是多麼想見到我啊。但是，事情卻沒有向好的方向轉變。

　　我那會兒哇哇啼哭，好響亮，爸爸説。

　　媽媽連看我一眼都沒能做到，她像一陣風似的飄遠了，

被留在一個無人能知的別的什麼地方了。

我的啼哭聲把爸爸的心都撕碎了。

爸爸一定傷心到骨子裏去了，這些年來，他就這樣一個人，照顧着我成長，他好像要把他和媽媽兩個人的愛，全都灌注到我的身上。爸爸說，媽媽那會兒多次描摹過我的模樣，現在我長大了，爸爸說我跟媽媽一模一樣哦！

不過，我可不這麼看，撫摸着媽媽的舊照片，我覺得，年輕的媽媽好漂亮，無論怎麼看，我都更像爸爸。媽媽喜歡海，當太陽出來的時候，她說那海面上放射出紫藍色的光。爸爸說。

「我想要紮像媽媽一樣的紫藍色的綢子！」我要求道。

「那叫蝴蝶結。」爸爸又一次糾正我。

「就蝴蝶結吧！」我說。

沒有買到紫藍色的蝴蝶結。那年的生日，爸爸在我髮梢上夾了一隻銀色的蝴蝶形小髮夾。

長大了，我留意到，如今商場裏擺賣的女孩子用的頭飾，長的圓的各式各樣啥都有，就是沒有綢緞的「蝴蝶結」。飾物也會過時嗎？只好買了兩隻魚形髮夾用上。潔兒見了我的兩個「馬尾」，就捂着嘴吃吃地笑，說：「人家的馬尾髮束在腦後，你怎麼紮成兩個球？」而小玟呢，

你瞧她那笑而不語的樣子，大約是在心底下笑我「老土」吧？倒是雅楠直爽，嚷道：「喲，這塑膠髮夾硬梆梆的，還不如不用哩！」

我摸了摸髮夾，不説話。在我們老家，是不會有人笑這樣漂亮的夾子的。這多好看啊！説實話，從遙遠的北方，遷居到這個人生地不熟的香港，的確是不習慣的。我曾經傷心了好久啊，真是一百個不願意。可這是爸爸的工作，爸爸説：「你若不想跟我去香港的話，我只能送你到爺爺的鄉村去。」

我怎麼捨得離開親愛的爸爸呢！

告別了小學同學，帶上心愛的媽媽的照片，我來到了香港這間中學。大教堂的鐘聲噹噹地敲響的時候，我伏在靠海的窗台上遐想，如果當年媽媽也知道這世上有一個主，那她會過得比現在更好吧？有時候我悄悄地跟主説話，有時候我則跟從未見過面的媽媽説話。我對媽媽説，我要是像她一樣漂亮該多好，我喜歡她紫藍色的綢結子。

「那是誰，真漂亮的女孩子啊！」我的同桌丹慧發現了我小銀包裹的秘密。她這一叫，把坐在後面的潔兒和小玫她們都吸引了。誰呀，誰呀地擠過來。

我立即糾正道：「那是我媽媽。」我毫不吝嗇，展開

小銀包給女孩子們看。

「是嗎？這麼年輕！」雅楠也擠了過來，「黑白照片，好靚啊！」

「她的確好年輕，」我說，「我還沒見過媽媽呢，她在我出生的時候就過身了，她生了很嚴重的病。」

「哦呀，對不起啊。」女孩子們一個個縮回了頭，萬分抱歉地說。

「沒關係！」我笑着說。我小心地收藏好媽媽的相片，耳畔有紫藍色的潮汐起

伏的聲息。我早習慣了沒有母親的事實，她像風，像雲，遙遠的，永遠只能感覺，只能懷想，卻無法真實觸及。母親這個稱號，對我來說，是一份多麼深重的失落，一種多麼無奈的遺憾。

那一刻，身旁的女孩子們好像突然與我好親近，一個

個對我格外的好，她們都親暱地稱我「燕子」，那是媽媽替我取的乳名，只有爸爸這樣叫我，現在，我的同學們也這樣叫我，我心裏忽然生起了酸酸甜甜的情愫。

女校的生活，我很快就適應了。在內地，現在不分什麼男校女校，男女平等哦！可我喜歡香港的女校，不過在聖誕節或者其他什麼活動的時候，我們會跟男校的學生相遇，我們會裝作若無其事一本正經的樣子，一回到課室，我們就捧腹大笑，笑得天翻地覆。笑那些男孩子笨呀，笑我們女孩子傻呀，説哪個男生靚，又取笑哪個女生染了相思……呀，那時候，我們會有好多好多的懷想，會有好多好多像天上星星一樣多的夢。

我喜歡女孩子們在一起像小鳥似的嘰嘰喳喳沒完沒了地説話，也習慣了為一點小事就扭扭捏捏哭鼻子的麻煩勁。女孩子可以純潔得一塌糊塗，全然不知男女關係為何物，又可以激進地謔稱兩個女生過於親熱形跡可疑大約算是同性戀……女孩子們哇哇地唱，哈哈哈地笑，彷彿天空全是她們的。

香港多美好啊！可是有一天，爸爸卻告訴我，過了年，我們就要回北方了。

我差點沒哭出來。

「為什麼啊，我想在這兒升讀中六啊！」我叫道。

「別孩子氣了，燕子！」爸爸耐心地說。

我歎了口氣，坐在牀沿上，淚水滾落來。

「我們還能回來嗎？」我問。

「也許吧！」爸爸推開窗，海風呼啦啦溜進來，把窗簾捲得老高。

也許，這是一個多麼討厭的詞！

所有的同學都知道我要走了，在驚訝的尖叫聲後，便是平和的祝福與祈禱。

雅楠說，燕子，我們會到北方旅行探望你呀！

小玫說，我們說不定也會去北方讀書啊！

潔兒說，你也可以來這兒看我們哪！

丹慧說，燕子，你將來還可以來香港讀大學啊！

對啦，我們大學裏見啊！大夥兒說。

大學裏見！這是多麼好的遠景，又是多麼好的祝福。

於是，連綿的時光變得又快樂又珍貴了。

不過，這個六月，是一個多麼令人討厭的六月啊！你瞧，幾乎天天雨聲不斷，時時狂風乍起，暴雨漂泊，那電閃的天空，像壞透了脾氣的大小姐，嘩嘩啦啦地，下得港九多處地方水浸。我給又去北方出差的爸爸打電話，緊緊

地叮囑説：「下大雨啊，爸爸要當心啊！」

爸爸卻笑呵呵地説，他那兒只有百年未見的酷熱，好久沒有雨水了，真是熱死人了。原來，只有南方在不斷發着大洪災，大水難。看着報紙上的壞消息，不由得令人憂心忡忡。

「你的生日怎麼過？大水會不會淹了你的生日？」

我笑了，生日還有好些日子呢，爸爸卻記得。水再大，也影響不了我的生日會的耶！何況，生日正逢星期六呢！我推開窗子，看天空，陽光朗朗，晴空萬里。可心裏仍有點兒擔心，你瞧這些日子以來的雨啊，就算是太陽艷艷的大白天，也會突然暴雨襲來，嚇人一跳呢，這一日三變臉的天氣！

不過，先別管它吧，反正生日那天再大的雨，也不會影響我們高興一場的呀。於是我在電話裏説：「爸爸，丹慧她們一早就約定了，去她家給我慶祝生日！宋姨姨説，她要為我親自做生日蛋糕呢！」

丹慧的爸爸可是著名酒店的廚師呢，她的媽媽是個熱情好客的女主人，我們大家都稱她宋姨姨。

星期六踏着美好的生日的腳步，來到了。

我從教堂清晨的鐘聲中醒來，推開窗子一看，好呀，

大晴天哪！我開心地跳起來，嘴裏哼着流行曲子，立在小梳妝台前打扮自己。鏡子裏是一個紮着兩個髻球兒的好看的少女，一條漂亮的短裙像蝴蝶一樣微展着，淺色的碎花Ｔ恤把身姿襯得嬌小玲瓏。

我對着自己笑。

忽啦啦！屋頂猛地炸了聲響雷！

天哪，好好的天氣，怎會又下起大雨來！風旋得好快，百頁窗簾像亂了陣腳的士兵，胡亂地相互撞着碰着，我連忙關好了玻璃窗，愁悶地望着雨幕。方才圓潤的太陽現在被阻在重重的雨幕之外，一時半會哪兒回得來呀。

電話鈴響了。

是小玫。

「下大雨了，我們這兒又淹了！我恐怕出不了門啦……」小玫好像急得在電話裏大叫。

「沒關係。」我連忙安慰她，「遲點再看看吧！」

電話鈴又響了。這回是潔兒：「媽媽病了，我要留在家裏照顧她……」

「哦，好吧，沒有關係，」我有點兒沮喪説，「明天見吧！」

「我明天再送你禮物！」潔兒好像在寬慰我。

放下電話，心裏真難受，老天爺啊，你怎麼這樣對待我呢！

電話再響起來的時候，我真不敢接了。

丹慧在電話裏吃吃笑：「怎麼樣，壽星小姐，還不出門啊？」

「她們不能來了，」我説。

「是的，」原來丹慧已經知道小玟和潔兒不來的事了，「雅楠説她肚子疼，剛吃了藥，恐怕也不能來……」

我手中的電話差點沒有掉下來。真令人沮喪！

哦，原來大水果然也來淹沒破壞我的生日會了！

「你快來吧，爸爸特地休息在家，昨天就為你煲好了老火湯啊，媽媽的蛋糕做得可漂亮呢，我妹妹也會在場，要跟你一起點蠟燭，吃生日蛋糕哩！她們來不了，沒有口福，不過，我們明天帶蛋糕到學校，給她們品嘗好嗎？」

我笑起來，謝謝你，丹慧！

一出門，大風就把我手中的雨傘吹得揚起來，我急急地衝進小巴，朝火車站而去。天氣不好，司機的靈性也差了一點，路上的紅燈特別多，車子走走停停，像是在不知是躲雨呢，還是在等紅燈。好在丹慧家在火車站旁。

車站的人真多啊，出了車站，上了電梯，丹慧的家就

在平台上一層。

我按響了電鈴。

丹慧漂亮的面孔出現在房門內：「請進！小燕子！」她右臂一伸，作了一個優雅的仕女動作。丹慧的媽媽宋姨姨在廚房裏說：「燕子你們先玩，我和你宋伯伯馬上上菜。」

我嗯了一聲，說：「宋伯伯宋姨姨，不好意思，打擾你們了！」

宋姨姨立即從廚房探出半個腦袋來：「喲，小燕子怎麼這麼客氣啊！」說着使了一個詭異的眼神，「去吧，去吧，她們在等着你呢！」

她們？她們是誰？

「生日快樂！」

猛地一聲，從房裏跳出四個女孩子來。有雅楠，有小玫，還有班長和愛唱歌的小玉！她們手裏抱着鮮花，還有閃着光的禮物盒，每個人頭髮上束成兩個髮球兒，紮着鮮艷的紫藍色的綢結兒！

「好看吧，我？」小玉晃着頭髮問。

「還有我呢！」雅楠歡蹦亂跳的，她根本不曾肚子疼啊？

「我紮了好久呢，因為我的頭髮太短了！」潔兒笑着扮鬼臉兒。

「耶！這紫藍色綢結兒是留給你的。」小玟舉着勝利的手指，對她們成功令我大吃一驚而開心不已。

我的確是大吃一驚了，我簡直是傻掉了，我完全不知道這是怎樣一回事了，快樂嗎？感動嗎？我的笑像哭一樣，淚水四溢。我做過些什麼啊，親愛的同學們，你們要如此把愛給我，讓我這樣地承受着你們沉甸甸的愛？

我抓起電話，對着話筒說：「爸爸呀，為什麼她們對我這樣好！」

中三女生的心事

（榮獲第十六屆香港「中學生好書龍虎榜」
十本好書之一）

她讀中三，她叫琴。

琴有心事了。

琴的心事與男孩子有關。不過，他不是「男孩子」，他是老師，他叫頡。

頡在科任老師當中，可以説是惟一一個得到眾多女學生青睞的「靚仔」。頡不善言笑，在女學生們眼裏，像是一個驕傲的王子一般。上課之餘，他就好像從不與哪個女孩子多説一句話。有一回，一個大膽的女孩子在課堂上突然向他提出個問題：

「阿 sir，內地人稱『愛人』指什麼啊？」

話沒落音，全班女生就哄堂大笑開了。

頡並不慌，顯出一副無動於衷的樣子。他淡然地用眼角掃了一下那個女生，清了清嗓子，大聲説：「指老婆。」

全班的女孩子都樂了，琴也捂住嘴吃吃地笑。那女生

為自己的挑戰，擺出一副洋洋得意的姿態。

也難怪，在這所女校，來了這麼一個英俊的代課教師，自然會引起一些騷動。頡似乎並不在意女孩子們的挑釁，仍用一種冷冰冰的面孔應付自如。難怪學生們都說他是「冷面俊男」哩！頡那挺直的鼻樑上，架着一副深啡色的眼鏡，就好像是一道堅固的長城，將自己與女孩子們隔開了。

這天，琴有些着涼，偏偏雨就下個沒完沒了。風吹進窗裏，琴連續打了幾個噴嚏，於是她關了教室裏的窗，趴在課桌上等雨停。琴從來就沒有時間觀念，回到家，自己是「一個人吃飽，全家不餓」。因為爸爸媽媽坐「移民監」去了，獨留了她在香港，有時她會掛念父母和小弟弟。

可現在，琴的心思卻為一個人所牽動了。他就是普通話教師頡。

不知從哪天起，頡的音容笑貌就經常光顧到琴的夢中來了。頡不愛笑，可在琴的夢裏，他卻笑口常開。有一回他還拉住琴的手，用普通話問：你懂得什麼叫「愛人」嗎？這問題真讓琴不好意思。每當她想起夢中的頡，琴就不相信講台上的這個「冷面俊男」，真的是個「冷」漢子。

頡對於琴來說，是一個「謎」。

琴注意到，頡每天離校很遲，有時在學校圖書館看書，

有時則伏在桌前備課。他很少打電話，也沒見有哪個女子來找過他。不知怎的，琴就肯定頡是單獨一個人的，也就是説，頡一定還未有太太。琴覺得自己無論如何要向這位老師表白心跡，何況班上有那麼些女孩子在對老師「虎視眈眈」呢！琴覺得自己幾乎為這位老師弄得茶飯不思了。於是，前天夜裏，她大着膽子，在燈下給普通話老師寫了一張「字條」。

為了這張「字條」，琴可算是絞盡腦汁了。

起初時，琴是想寫封信。可是，落筆卻千難萬難，如何開頭呢？她一筆一畫地、又恭敬又謹慎地寫，寫了又撕，撕了又寫：

親愛的……（咳，真肉麻。）

老師……（唉，這麼古板老套。）

頡……（不，不要這麼親近嘛！）

唉，怎麼稱呼「他」呢？琴望着紙簍裏一大堆廢紙，真是亂透了心。最後，聰明的琴才想出一個計謀來，她用拼音寫下了一串符號，讀起來應該是：

我想與你一談。

然後，她就將紙條小心翼翼地夾進了準備上交的功課裏，心慌意亂地等待着每周一次的普通話課的到來。

上課鈴響了，老師已經到了教室門口，班上的女生們仍在嘻嘻哈哈。

「他」走進教室了。

班長在叫嚷：「誰沒交功課哇？快交啦！」

琴努力抑制快要蹦出來的心，裝作若無其事，從抽屜裏迅速地抽出功課簿，三步兩步上前，遞到頡手裏。她用眼睛的餘光看見頡把功課簿往教師枱上放下，就開始上他的課了。

琴心裏邊的「鼓」打得一陣緊似一陣。她擔心那張紙條從功課簿裏掉出來，又擔心老師會不會看不到那張紙條，或者當作廢紙將它扔了？如果哪個好事的女生冷不防翻看她的功課簿……哇！那她就當眾出醜了。這樣想着，她就連忙左右望了望，好像並沒有人注意她，便有少許放心了。

整堂課裏，琴覺得自己的心就像一隻吊瓶似地懸在空中，老師在上面講的什麼她一點也不知道。

下課鈴終於響了。普通話老師夾着一疊功課簿走出了教室。

琴這才長長地舒出一口氣。

不過，這一天的課，琴都沒有上好。

琴一直處於緊張不安的狀態中。她想像「冷男」看紙條的模樣，想着他可能出現的表情，她的心就怦怦跳了。他會不會感到驚愕？他會不會覺得她是個大膽的壞女孩？琴把紙條上的話反覆地在心裏唸了一遍又一遍，彷彿又覺得沒什麼大不了的。那麼，他會不會真的來找自己呢？他會不會當着班上同學的面上前來問自己呢？比如，他走過來，問：「你夾在功課簿裏的紙條我看到了，你找我有什麼事嗎？」

哦，我的天！

琴的心有些慌亂了。

現在她不敢多想了，現在她害怕他的出現了。她越來越盼望時間過得快一點，希望那位叫頡的老師千萬不要看到她的功課簿。那天的時間像是過得特別慢，好不容易捱到了放學，她又不敢出教室的門了。她擔心會遇到他，或者他會不會讓其他同學來傳叫她？

琴躲進洗手間，也不知道在裏面呆了多長時間，直到外面的嘈雜的聲音漸漸地少了，這才悄悄地溜回了教室。

門沒有鎖，教室裏沒有人，真好。琴又打了個噴嚏，感到身上有些涼意，關好窗。她想，她該回家了。可她心裏多想知道事情的結果，生出一種想見到「他」的衝動。到他的辦公室去看看？不不，要是正好碰上他出來，那豈不是太難堪啦！算了，也許，他根本就沒有批改作業，或者他要等到晚上回家才去改作業呢？

唉，琴今晚肯定又是睡不着覺的了！

琴感到有些失望，又感到掃興極了。她感到很疲倦，白天那種忐忑不安的情緒，現在被百無聊賴的情緒所替代。她慢慢地把書包從書桌裏拖出來，將白天用過的書啦筆啦，從抽屜裏一件件撿出來，扔進書包裏。

突然，她的手停住了，嘴巴張得老大，愣在那兒——

那本應該交給普通話老師的功課——《普通話拼音簿》，正老老實實地躺在書包裏。也就是説，她交錯了功課簿啦？

也就是説，那張盛着她全部秘密的小紙條，仍在這裏躺着？

不知道是該慶幸，還是該怨悔，琴一下子全身癱軟在椅子上了。

哦，琴呀琴，這心事向誰去訴説？

作者補誌：

短篇小説集《中三女生的心事》發表後，沒想到成了網上（教育城圖書館）瀏覽量最高的作品，也令「韋婭」這個名字不脛而走。它更在 2004 年的香港電台、香港教育專業人員協會、香港公共圖書館合辦的中學生好書龍虎榜上，獲得「十本好書」獎。我在想，這個作品之所以獲得學生的青睞，一方面是小説在少女心理刻劃上引起的共鳴，另方面也反應了它是一種現實存在。我也是從少女時代走來的，我在想，女孩子細膩而敏感的情愫的萌動，是人生階段的自然產物，它是優美而純潔的，且是不可複製的。

當她們成長之後，隨着人生經驗的逐步積累，回憶往事，
必會為當年的這份稚嫩發出會心的微笑。我所記錄的正正
是那樣一種單純與美好。令我驚訝的是，讀者中不只女孩
子喜歡，男孩子也喜歡。也許，正是這種不滲雜質的原初
狀態的朦朧的情感之美，才是真正打動人之所在。

幻想小說篇

小戴維的萬聖節

　　花兒謝了，又開了；季節過去了，又回來了。小戴維盼望着萬聖節這個日子，已經有整整一年啦。

　　低頭算一算吧，從去年萬聖節到現在，這中間該有多麼漫長的時日呢！去年的這個「鬼節」，小戴維仍然記憶猶新。那會兒，他跟着爸爸一起乘巴士轉地鐵跑到中環，一路上別提多興奮了。兩個人一個扮作吸血殭屍，一個扮作張牙舞爪的女巫，在蘭桂坊的大街上大模大樣地走着。途人向他們行注目禮，小戴維衝他們大喊：「Trick or Treat！」那些店舖裏胖乎乎的老闆們一聽這話，便樂呵呵地端出糖果盤來了：「吃吧，吃吧！」小戴維呢，當然毫不客氣，因為他是魔鬼呀，誰能不怕「鬼」呢？嘻嘻！那些假裝驚惶失措的路人，一個個還爭着跟女巫和吸血殭屍合影呢！

　　那個「鬼節」真叫人難忘，小戴維興奮了一整夜，弄得第二天上課時，幾乎要趴到課桌上打瞌睡了。

　　今年的萬聖節一定會更有趣！小戴維一早就翻查了月

曆，非常巧，這個萬聖節，恰巧是周末呢！

於是，小戴維在心裏策劃，如何來裝扮自己在節日當晚的角色。你猜猜吧，小戴維是扮白臉骷髏，還是扮紅臉妖女？唔，也許是古怪龍貓，又或是黑臉超人特工？哦，反正越出奇越好哦！小戴維暫時保密，他決不會輕易向任何人洩密的。一個星期天的傍晚，一家人吃了晚餐，小戴維坐在桌旁，望着窗外湛藍湛藍的天空——哦，那天空可真藍，像透明的藍寶石——他忽地有了靈感，只見他悄悄地跟爸爸說：

「爸爸，今年的萬聖節，我要扮成一個……捉鬼的黑臉鍾馗，好不好？」

「好啊！」爸爸回答得真爽快！

說話算話！爸爸去北京公幹時，真的找到了一家燈光閃閃的神秘小店，給小戴維買來一個「捉鬼的鍾馗」面具——哎呀，那模樣可像足了那個鍾馗呢！

小戴維開心得在地毯上翻了三個筋斗。洗澡後，小戴維爬上牀，鑽進有小花點兒狗子圖案的棉被裏，竟又情不自禁地捂着嘴「吃吃」地笑出聲來。媽媽親吻了他一下，轉身走向房門，小戴維從被子裏露出臉來，喊了一聲：

「媽媽，我不止要戴面具，還要在臉上畫上油彩啊！」

「行呀行呀！」媽媽答應着。

燈熄了。小戴維看不見媽媽替他關房門時的臉，但他知道，媽媽一定在笑呢！可是，今天……今天已經到了萬聖節啦！小戴維卻一點兒也高興不起來——他都快要急死了！

因為……那個預報天氣的姐姐，一大早就在電視機裏說，今日多雲轉陰，有陣雨！

整個白天，老天爺都陰沉着臉兒，擺出一副對誰都不滿意的模樣。小戴維在心裏說，老天爺，你白天下雨就是啦，晚上你可千萬不要下雨哦！

可是天氣一直不好，事情看來有點兒麻煩呢！

等了一整天，天空一直都是陰沉沉的，風在不慌不忙地習習地颳着，卻不見一滴雨落下來。到了傍晚時分，天就變得陰陽怪氣了，月亮不見了，星星也躲起來，潮濕而陰暗的天空下，風吹得一陣緊似一陣，彷彿它在模仿着某個聲音，那聲音是：「天——要——下——雨——啦！」

小戴維沒有心思吃晚飯。

爸爸說：「下大雨就別去了，街上沒有遊人呢！」

媽媽說：「哪有打雨傘的鬼呢？」

小戴維伏在窗前，滿眼的街景都呈灰褐色一片，花園

132

裏的小樹在風中搖來搖去，好像在盼望下雨似的，這真令人掃興！小戴維在心裏一個勁地喃喃自語着：「不會下雨的，不會的，不會的……」

「不會」什麼呢？雨點兒分明已經落下來了。

雨下得好大好大，「嘩，嘩，嘩……」

小戴維就這樣呆呆地坐在窗前，失望至極。

所有的盼望都泡湯了。

媽媽説：「明天到玩具反斗城，給你買一個飛機模型吧！」

爸爸説：「明年的鬼節還會來，到時更精彩！」

什麼話都沒有用，小戴維連飯也不吃，沮喪地躲進自己的小房間，關起門。望着窗外的滂沱大雨，小戴維心裏一酸，眼淚就「叭嗒」、「叭嗒」地落下來。

他哭了。

「怎麼這麼沒有出息？」一個聲音出現了。

是誰，是誰在説話？

小戴維十分詫異地抬起頭來，臉上還掛着來不及擦去的淚珠。他很不高興地嘟噥着反駁：「誰沒有出息了？怎可以這樣無端罵人呢？」

小戴維四處張望。

咦，一隻蚊子！是一隻討厭的長腿蚊子！

這隻蚊子趴在書架頂上，在雪白的牆壁映襯下，牠的個子顯得很小，牠的胳膊和腿兒實在太細了，好像一伸手就可以把牠用指尖兒按死。不過，這隻長腿蚊子的樣子倒沒有一點兒害怕，牠像是非常津津有味地在欣賞別人——牠正瞧着小戴維笑呢！

這種不懷好意的笑，可真有點兒令人難受。

小戴維嘟起了小嘴巴。這隻討厭的長腿蚊子究竟是從哪兒跑出來的？忽然，他聽見那蚊子在嗤嗤地笑，牠又在說話了——

「你是一個懦弱的人。」蚊子這樣說。

只見牠抖了抖腳上的灰塵，還伸出前臂摸了一下鬍子——不知道牠是不是真的有鬍子，反正牠是在朝小戴維作怪樣子，那是一種嬉皮笑臉的模樣。

蚊子會說話，這本身已經是匪夷所思的事了，牠竟然還帶着三分歧視人的味道！這可叫人「是可忍，孰不可忍」——忍無可忍。

怎可以讓蚊子瞧不起呢！

小戴維一把抹去眼淚，說：「不！我不是……我沒有哭。」然後把手背到身後，兩隻小手互相摩擦了一下。

「哦，哭，算不了什麼，誰不哭呢？我們蚊子就常常哭。」蚊子顯出一副很寬容的模樣。

小戴維困惑地望着蚊子，「為什麼哭呀？」心想，蚊子整天「嗡嗡嗡」地飛來飛去，原來是在哭？

「唉，」蚊子歎了一口氣，「我們蚊子被人類施放的驅蚊毒氣，弄得家破人亡。跑的跑，躲的躲；家沒了，吃的沒了；有的受傷哀號，有的痛苦死去，親朋戚友越來越

少……」蚊子垂下頭去，牠顯得很悲哀。

小戴維愣住了。他可從來沒有想過蚊子也會有痛苦，也會有感情。他不由得同情起蚊子來了，一時不知道說什麼好。

「人類的生活越過越奢侈，他們卻把自己的幸福加在我們的痛苦之上，他們怪罪蚊子帶來病毒，怪罪蚊子傳播細菌，其實事情並不一定是這樣的，我們能向誰申訴？有誰肯聽蚊子的……」蚊子說不下去了，牠好像很難過。

「你哭了嗎？」小戴維十分難過，「I am sorry！」他不知道自己為什麼道歉，也許他想減輕這隻長腿蚊子的悲哀吧。

「我沒有哭，」蚊子擺了擺手——用牠細長的前肢，只見牠抹了一下嘴角，平心靜氣地說：「不要替我們惋惜啦，誰讓我們是一隻蚊子呢？」

蚊子，蚊子也是生命呀……小戴維這樣想着，他正想開口說話，只聽見蚊子又說：

「不過，就算是一隻微不足道的蚊子，我們也從沒放棄過生命！」

長腿蚊子挪了挪位置，把腦袋朝小戴維的方向正了正，以便更清楚地與他對望。「只要存着一口氣，就要尋找生

存的道路，不是嗎？」蚊子又説。

這是蚊子説的話嗎？牠們是從哪裏學來這種鏗鏘有力的話語呢？小戴維驚訝極了。真沒想到，一隻蚊子也會有人類的堅強意志。

「哦⋯⋯你真了不起！」小戴維真誠地讚許。

蚊子又伸出臂膀擺了擺，「這有什麼了不起？我們每一隻蚊子都是這樣想的！」牠摸了摸自己的眼睛，「其實，哭不等於不勇敢，只是看你為什麼哭。」

哭也有分別？小戴維不解地眨了眨眼睛。

「你剛才為什麼哭呀？」長腿蚊子問道。

「我本來打算在萬聖節的晚上出外痛快地玩一場的，可是現在，你沒看見嗎，下起了大雨⋯⋯」小戴維這樣一説，眼淚又要湧出來了。他努力地忍住。

「唔，的確是一件令人失望的事！」蚊子説，「你一定很失望吧？」牠關切地問。

小戴維點了點頭，沒有説話。

「我們常聽説，一個人要闖盪天下，需要勇氣，」蚊子舔了舔自己的細腿兒，抬起頭來繼續説，「其實，一個人遇到失落失意時，更需要有接受失望的勇氣。」

「接受失望⋯⋯也需要勇氣？」小戴維重複了一句，

眸子裏充滿了疑惑。

「是啊，我們蚊子死了親愛的伙伴，有什麼辦法呢？我們需要勇氣活下去呀！」長腿蚊子的聲音變得很細柔，牠揉了揉眼睛說，「而找不到食物，或者找到了香氣四溢的美味食物，卻因被人落毒而不得不失望地放棄，你說我們好受嗎？但我們也得坦然面對呀！不哭泣，或者哭了又忍住，這也叫做勇氣。」

小戴維覺得這隻蚊子說得太好了，他真的開始佩服牠。

「哪有天天都是大晴天呢？哪能想雨就來雨，想晴就放晴呢？一點小小不順意就哭，這不是懦弱是什麼呢？」

小戴維肅然起敬地說：「蚊子先生，你是學校裏的老師嗎？」真奇怪，自己怎麼稱蚊子為「蚊子先生」了呢？

牆上的蚊子倒沒有因為小戴維稱牠為「先生」而感到什麼不自在，牠可能早已習慣了這種尊稱吧，你看牠摸了一下鬍鬚（牠的鬍子是白色的，小戴維這回看清楚了），又說：

「是呀！不過，我說的這些常理，不止老師知道，小朋友們也都知道呢。只是我們學校裏的小朋友，現在是見一個少一個囉……哦，對不起，我得上課去了。」蚊子作了一個要離去的姿勢，揮手說再見。

「哎，蚊子先生！」小戴維不由自主地叫了一聲，他真不想牠離去呀，「那……你什麼時候回來看我呢？」

蚊子站住了，「明年這個時候，好嗎？」牠朝小戴維頑皮地擠了擠眼睛。

小戴維彎着眼眉兒笑了，使勁地點了一下頭。

長腿蚊子朝窗外飛去，一忽兒就不見了。

窗外依舊不見月亮，也不見一顆星星。雨不知什麼時候已經停了，晚風吹進來，涼涼的，窗上的花布簾子輕輕地飄動着，像是在歡快地舞蹈。

「謝謝你，親愛的蚊子老師。」小戴維喃喃道。

「咚咚！」

是媽媽在敲門呢！

媽媽在門口輕喚：「小戴維，出來吃飯吧！」

門把兒一轉，小戴維快步地走了出去，臉上掛着一縷神秘而滿足的微笑。

媽媽覺得奇怪，爸爸也覺得奇怪，他們的眼睛亮閃閃的，望着他們心愛的孩子。

小戴維坐下了。他伸手端起碗，眼睛一轉，輕鬆地朝爸爸和媽媽說：「爸，媽，我們明天去動物園參觀，好嗎？」

爸爸和媽媽對望了一眼，同聲應着：「好啊！」

對於兒子的轉變，他們誰也沒有打聽，也沒有問一聲為什麼，好像一切都十分自然——他們的兒子是小學生呀！用不了多久，他還會上中學，上大學呢！唔，他們可愛的兒子可是一個堂堂小男子漢呢！

小戴維這一餐吃得真香。

有誰會猜到，到了明年萬聖節的時候，小戴維就不止是盼望玩扮鬼神的遊戲了。他心裏還藏着一個誰也不知道的秘密，那就是，他等待着與他那位有見識的「蚊子先生」重逢呢！

小灰鼠合唱團

雨那樣地下着，一絲一絲，一絮一絮，不留神，還以為是誰在窗外紡線線呢！

倚在門前的老婆婆卻不那麼認為，那些飄飄忽忽的雨絮，除了表示是春天到來之外，什麼也說明不了。夕陽已經落到了山肩上，漸漸地就會看不見了。

「又一年了。」老婆婆對自己說。

頭髮花白的老婆婆太熟悉那些風景了，現在她躬着背，彎着腰，靠在門檻兒上，低低地唱起了一首歌：

> 春天來，春天來，
> 花兒的笑臉展開來。
> 美好的事情隨春來，
> 不快的事情永不來。

木門被風吹得搖啊搖，發出「吱呀，吱呀」的聲音，像是給老婆婆的歌吟伴奏着。老婆婆倚着門唱着歌，唱着

唱着，就閉上眼睛迷糊起來了──她睡着了。

一滴口水流下來，滴在了她藍布裙子上。

如果沒有吵鬧聲，老婆婆常常會不知不覺地睡好久呢！老婆婆從來不知道時間，她也不需要知道現在幾點鐘了。肚子餓的時候，她就吃麵條，或者麵包；睏乏的時候呢，她就閉上眼睛睡！可是現在她被吵醒了，那吵鬧的聲音是這樣的：

> 喲去去，喲去去，
> 老婆婆夢裏旅行去，
> 煩惱的時光丟開去，
> 快樂的夢境不離去。

老婆婆覺得那些聲音好奇怪，像是在學唱自己的歌。是誰把她的歌兒偷去了呢，唱得還真像模像樣呢！老婆婆覺得有點莫名其妙，就把眼睛微微地打開了一條縫──

原來是四隻小小的老鼠呀！

小灰老鼠們穿着一色的時髦紫色西裝，一個個頭戴禮帽，頸上還繫着漂亮的紅領結呢，多像一羣中環的白領上班族啊！

老婆婆抹了一下嘴角邊溢出的口水，口裏發出咕嚕嚕的埋怨聲：

「哪兒不好去玩，偏偏要上老婆婆家來吵鬧呢？」

歌聲停住了。

四隻小老鼠顯然有點不大好意思。他們你看看我，我望望你，不知怎麼辦才好。過了一會兒，一隻領隊的圓鼻子小老鼠，畢恭畢敬地走上前來，牠大聲地説道：

「對不起呀，老婆婆，我們沒想吵鬧人，只是想練一練歌，因為我們合唱團馬上要去唱歌表演啦。」

「對呀，我們只想練一練歌，馬上要去唱歌表演啦！」另外三隻老鼠齊齊地跟着説。

老婆婆一聽，「撲哧」一聲笑出來，眼眉兒彎得像兩條小船兒：「你們上哪兒去表演呢？」

「舞台上呀！」四隻老鼠一起回答。

老婆婆咯咯地一陣笑，聽起來像晚風一樣歡快：「那就該我説對不起了，是我打擾你們練歌了呀，來，你們繼續唱吧！」

四隻灰老鼠欣喜地互相望了一下，悄悄地捂着嘴巴笑了。然後，他們迅速地動作起來，仰着小腦袋，就像神氣的中環白領男士一樣，一個個昂首挺胸地站好了，便大聲

唱起來：

> 喲去去，喲去去，
>
> 老婆婆夢裏喝酒去，
>
> 煩惱的時光丟開去，
>
> 快樂的夢境不離去。

老婆婆在一旁聽着，心裏真是快樂極了。她抬着手，輕輕地為男士們打着拍子，歌聲一落，便不住地點頭説：「嘿，這歌兒可真好聽啊！」

一聽老婆婆的讚揚，小老鼠們有點兒不好意思了。圓鼻子老鼠謙虛地説：

「謝謝你呀老婆婆，我們⋯⋯只是學着唱呀！」

「唱得好，唱得好啊！」老婆婆一個勁地稱讚，好奇地伸着脖子問：「你們去喝酒了嗎？」

「才喝了小白鼠的新婚喜酒呀！」四隻老鼠晃着腦袋回答，一副心滿意足的模樣。

「你們去旅行了嗎？」

「剛剛回來呀！」

回答的聲音比唱歌更甜蜜。

一隻最小個頭的灰老鼠走上前來，他的鼻樑上有一小撮白毛毛，只見他毛遂自薦道：

「老婆婆，我叫白毛毛，讓我來給你表演唱歌好不好？」

老婆婆高興得拍了一下手。「歡迎歡迎，白毛毛！」

「我叫黑毛毛！」

「我是長毛毛！」

「我是短毛毛！」

其餘三隻小老鼠一起擠過來，齊齊地說：

「還是我們一起合唱吧！」

喲，看看，一個個都不肯示弱呢！

「好好，一起唱，一起唱。」

老婆婆開心得鼓起掌來。

白毛毛想了一想，牠大概是一位出色的表演家吧，牠是那樣想獨自表演一下，所以牠自告奮勇地說：

「那麼，我來當音樂指揮，怎麼樣？」

黑毛毛，長毛毛，還有短毛毛，三隻小老鼠把腦袋湊在一起，吱吱吱咬了一陣耳朵，討論得挺起勁的。然後，牠們轉過身來，對白毛毛說：

「好吧，請白毛毛指揮吧！」

白毛毛高興得雙腿一彈，蹦得老高。

小灰老鼠們迅速排好隊，一個挨一個，西裝熨得筆挺的，頭仰得高高的。白毛毛站在他們的對面，只見牠正了正領口的紅領結，正了正禮帽，精神抖擻地把胳膊一揚，做了個瀟灑的紳士手勢，下令道：

「一二三，唱！」

　　喲去去，喲去去，
　　老婆婆夢裏結婚去……

啊呀呀，好專業喲，真像那麼一回事呀！

老婆婆的臉兒紅了。

年輕的時候，老婆婆也喜歡喝一點兒酒，也喜歡遠遠地旅行去，也會唱許多好聽的流行歌兒。那會兒呀，穿漂亮裙子的老婆婆可有好多「西裝仔」追求哩！但是現在，老婆婆背也駝了，腰也彎了，身邊沒有一個人，胸前只有一小小的平安鐘。平安鐘就像她的老姐妹，一有難事兒，趕緊一按，就有社署的姑娘來幫助她。

人老囉……老婆婆想。

真想到很遠的什麼地方去呀！老婆婆又想。

很遠的地方，有一個鮮花築成的小小城堡，城堡裏住着小狐狸、小白鼠和漂亮的燕雀們，青磚鋪成的小路旁，是一座月光照躍的塔樓，一級級爬上去，一直可以撩到星星的小腳丫子呀！

那是老婆婆小時候的盼望。老婆婆想起往事的時候，鼻尖上就繚繞着一縷花開飄香似的香味兒。她瞇着眼睛，很享受回憶的快樂。等到她再睜開眼睛的時候，發現小小歌唱家們已經不見了。

哦哦，他們連招呼都忘了跟自己打了呀！或者，是牠們跟我道別的時候，我沒有聽見？

老婆婆若有所失地東張西望。

門口靜悄悄的，沒有一個人影兒。

這會兒，老婆婆可真有點兒失落了。

她朝窗外探了探，雨花兒仍在細細絮絮地飛揚着，像是誰家的姑娘在唱着歌兒紡線線。

天色已經暗淡了，夕陽躲沒影了，遠遠的小道上，沒有行人，路燈像正在打瞌睡似地，亮起了昏黃而疲乏的光暈。

老婆婆走到灶台前，給自己煮了一小碗麵條。麵條上加了幾星麻油，再撒上幾粒小葱花，香噴噴的。老婆婆又

瞇起眼睛笑了。真好吃呀，她一條一條地往嘴裏送。

喝下最後一口湯，碗底還有幾根小麪條。數一數，一條，兩條……好多條呢！

老婆婆取出一隻小碟子，盛上好多小麪條，輕輕放在桌面上。老婆婆又想了一想，打開小木柜，從裏面拿出幾粒花生米，數一數，呀，剛好有四粒呀！

老婆婆用指尖撥弄着圓溜溜的花生米，口裏低低地唸叨着：「這粒給白毛毛，這粒給黑毛毛，哦，這是長毛毛的，這粒呢，就是短毛毛的囉！」

老婆婆洗洗臉，刷刷牙，爬到木板牀上。木板牀吱吱吱地叫了幾聲，像在模仿着小老鼠們好聽的歌聲。

窗外的雨更密了，風也大了一點，窗子上的風鈴「叮叮噹噹」地唱起來，好聽極了。夜靜靜地降臨了。

老婆婆睡得好安詳。

豆子姑娘

蘭茜喜歡坐在陽台上曬太陽，不過今天她翻着手上的書，有點兒心不在焉。

初冬時節的天空好像特別藍，夕陽像一個紅色的彩球似的掛在天上，蘭茜頑皮地從對面樓宇旁的窗戶探出腦袋來，紅撲撲的臉兒像綢緞一樣，閃着暖融融的光。

蘭茜收回視線，低下頭——哦，她又看到功課簿上的那幅畫。畫上有一個男孩子，他手裏正握着一個橙色的灑水壺，壺嘴兒翹着，從裏面吐出白色的水點來，灑向身邊的一棵小樹苗。蘭茜想起白天在課堂裏發生的事，有點兒不愉快。這幅畫上明明是「小哥哥在種樹」嘛！可是為什麼穿花衣服的女老師，非得翹着嘴巴堅持說：

「正確的答案是小哥哥在澆水！」

女老師在蘭茜的功課簿上打了一個紅叉叉。這個紅叉叉，歪着臉兒，像一張嘲笑人的大嘴巴，黏在蘭茜的功課簿子裏。她看着它，心裏實在不舒服。

媽媽的聲音在客廳響起：「蘭茜，幫媽媽去超級市場

買一小包鹽，好嗎？」

「嗯。」蘭茜答應道。她把功課簿塞進書包。

於是，她走在通往超級市場的小道上。

涼風吹來，像一隻小小的手兒，拂着蘭茜的黑頭髮。道旁的小樹林子裏，夕陽與樹葉們一起舞蹈，樹葉兒舞姿婀娜，發出窸窸窣窣的聲響，像是誰人在說話似的。

「豆子圓，豆子胖，豆子扁扁豆子長。」

咦，果然有人。是誰在說話呢？

蘭茜站住了腳，東看看，西望望。附近沒有人家，只有黛綠色的叢林樹影婆娑，近處湖面上的光影閃亮亮的，一晃一晃。

忽地，從灌木叢中跳出一個小人兒來。

呀，是一個小女孩呀！

瞧，她有一雙細長的眼睛，頭髮又柔又軟，那嘴唇紅紅的，眉毛彎彎的，最奇怪的就是，她身後有一條紅紅的毛尾巴。

喲，一隻火狐狸！

「你好！」小姑娘很有禮貌地說。

「你好！」蘭茜好奇地問，「你剛才在說什麼呢？」

「豆子圓，豆子胖，豆子扁扁豆子長。」漂亮的小姑

151

娘驕傲地說。

「真奇怪！」蘭茜嘟噥了一聲，「既然豆子是又圓又胖，怎麼會變成又扁又長呢？」

「你去我的家看看，就知道啦。」小姑娘瞇着眼睛嘻嘻笑。

「可是，媽媽叫我去買鹽呢！」

「呀，我也要去買醬油煮豆子！」小姑娘跳了一下，像雲一樣輕盈。

「真巧，那我們一起去吧！」蘭茜高興了。她覺得這個「豆子」小姑娘說的話，聽起來十分有趣呀！

「你叫什麼名字？」小姑娘問。

「蘭茜，你呢？」

小姑娘抿嘴一笑。

「是不是叫豆子？」

小姑娘聽了格格笑。

蘭茜樂了：「那就是——豆子姑娘！」

「哎！」小姑娘的笑聲像鈴兒般好聽。

「豆子圓，豆子胖，豆子扁扁豆子長！」

兩個小姑娘一起大聲地朗讀起來，一蹦一跳地向超級市場跑去。售貨的超級市場小姐給了蘭茜一包鹽，又給了小姑娘一瓶醬油。

蘭茜接過來說：「謝謝！」

豆子姑娘也說了聲：「謝謝！」

超級市場小姐是個修長而苗條的姑娘，她的眼眉兒彎彎的、細長長的。她很客氣地微笑着，嘟着紅嘴唇說：「歡迎再來。」

蘭茜覺得那個超級市場小姐好俏麗，出門的時候，又回頭朝她望了一眼。那超級市場小姐正背過身去招呼另一些買東西的客人，蘭茜忽然看到，那漂亮的超級市場小姐身後，也有一條火紅的毛尾巴！

於是，蘭茜咧嘴笑了一笑。

「你笑什麼？」豆子姑娘挑着眉毛問。

蘭茜抿着嘴不讓自己笑出來，小嘴裏吐出幾個字：「沒

有笑什麼呀！」說着，她摸了摸自己的身後。

「你很開心呀！」豆子姑娘情不自禁地說。

蘭茜捂着嘴又笑了，說：「對呀！」她點點頭，不讓開心的事從嘴巴縫裏跑出來，嘻嘻！

「不過，先前我遇到你的時候，你好像不太開心呀！」豆子姑娘歪着腦袋問。

蘭茜想起什麼事來了，於是說：「噢，對了，」她轉過身來，對着小姑娘的耳朵輕輕說：「那是因為，我的作業的答案，老師說錯了。」

「你可沒有錯呢！」小姑娘眨着眼睛說。

蘭茜很有同感地、使勁地點了點頭。她感到心裏有一點兒委屈，她豎起小手指，一五一十地告訴小姑娘說：「我們穿花裙子的老師說，只有她的答案，才是標準的哪！」

「嘻嘻……」豆子姑娘搖着頭，悄悄地笑了，然後用十分肯定的口氣說：「你的答案也對呀！」

「是嗎？」蘭茜笑瞇瞇的，眼睛彎成了一條縫。

「沒有絕對的真理呀，世上的事情，無所謂絕對的對或不對！」

蘭茜感到非常開心，不禁跳了起來，手舞足蹈地轉了一個圈，「你說得真好！」

　　小姑娘咧嘴一笑。她在説話的時候，總是像一直在笑似的，那模樣既溫馨又可愛，蘭茜真的喜歡她——這豆子姑娘！

　　「還可以是『小弟弟在種樹』呢！」豆子姑娘説。

　　「是，還可以是『小弟弟在澆水』。」蘭茜搶着説。

　　「小男孩種樹。」豆子姑娘故意説。

　　「小男孩澆水。」蘭茜頂了一下小姑娘的肩膀，兩個女孩子嘻嘻地笑。蘭茜彷彿看到一股天藍色的水霧，在夕照下輕輕盪漾。

　　「我和小樹苗在一起。」豆子姑娘説。

　　「我和小樹苗一起長大。我和小樹苗成長在陽光下……」蘭茜一口氣説下去。

　　天藍色的水霧漾滿了橘黃色的天空，潮濕而新鮮的空氣撲鼻而來，令人心曠神怡。蘭茜深深地吸了一口氣。豆子姑娘的眼睛瞇起來，她笑得真好看。

　　「我們家的豆子有扁的、有長的，也有圓的和胖的，它們都是豆子。」小姑娘説。

　　「是呀，豆子，」蘭茜想着，「種樹、澆水、哥哥、弟弟、成長、長大……都是答案。」

　　一陣風吹過，小樹林裏草木輕搖，泛起了陣陣青草的

香味。這香味兒，帶給蘭茜既熟悉又親切的兒時回憶，一聞到這草葉的香味，蘭茜的心就會像小鳥似地鼓起翅膀來，在滑梯上飛，在鞦韆上飛，在綠草地上飛，在夕陽下的藍天裏飛。

蘭茜眼睛一亮，説：「我不用去你的家看小豆子啦！」

「你真的不去啦？」

豆子姑娘不由得問道，隨後又笑着吟誦起來：「豆子圓，豆子胖，豆子扁扁豆子長……」

蘭茜連忙笑着擺擺手，「不去啦！」

説罷，她朝小姑娘神秘地一笑。

「那好吧，我得趕快回家了，媽媽正等着我的醬油呢！再見！」豆子姑娘朝蘭茜揮了揮手，毛茸茸的紅尾巴甩了一下，一閃身，跳進了灌木叢中。

「再見！」蘭茜也轉身，飛快地朝自己的家跑去。她的心已經像小鳥般飛起來了。

媽媽從廚房裏走出來，眼睛裏透出狐疑的目光：「你去了好久呢，蘭茜！」

蘭茜低低一笑，將鹽往媽媽手裏一塞，不説話，轉身跑向陽台。陽台外，天色已經暗了。蘭茜伏向欄杆，踮起腳尖兒，朝超級市場的方向望去。

　　小路上空空的，什麼人也沒有，只有風吹動着綠色的叢林，林間輕輕地翻起黛色的波濤，那草葉兒清香的芬芳在空氣中浮動。她看到，藍色的水霧正四處瀰漫，真像夢境似的。

　　蘭茜不知不覺看呆了，忽然聽見廳房裏響起了悠揚的圓舞曲音樂，原來媽媽已經把飯菜準備好了。

　　「吃飯啦，蘭茜！」媽媽在喚。

　　一盤綠油油的青炒扁豆，一小碟香煎豆腐，還有一碗漂着油星的蛋花湯，都擺在蘭茜跟前。她覺得肚子真的好餓呀，於是大口大口地吃起來，好香好香。她的眼睛忽閃了一下，心裏想，明天，也許後天，還會再遇到那個有紅尾巴的小姑娘嗎？蘭茜的筷子不動了──

　　哎呀，她是誰呢？她的真名叫什麼？蘭茜還忘了問她在哪間學校讀書呢！她叫……就叫她豆子吧！

　　媽媽望着蘭茜，手裏的筷子也不動了，問：「怎麼了，蘭茜？」

　　「豆子……」

　　「是豆子呀！」媽媽説。

　　蘭茜「撲哧」一聲，笑了。

遲暮的海

　　這天真的好黑呀，這海水冰冷冰冷的，哦，我身上怎麼會插了這麼些管子呢，好痛……四周空氣裏漂浮着福爾馬林*，的味道。這是什麼地方？

　　我在哪兒呢？

　　「玲玲……」

　　是誰在叫我？

　　玲玲努力地睜開疲憊的雙眼。

　　是你，爸爸？玲玲叫了一聲。

　　別……爸爸用食指堵了堵嘴，示意別吵。那是玲玲熟悉的手勢，每逢媽媽午睡時，爸爸就這樣示意。

　　玲玲一看，媽媽果然在身邊——玲玲好像不認識她了，她呆坐着，一雙原本愛笑的雙眼，被淚水浸泡着，瘦削的臉龐布滿哀慟。

　　玲玲想叫媽媽，可是，她發不出聲音，喉嚨像是被一

---

*福爾馬林：是一種具有防腐、消毒和漂白功能的藥水。

雙巨大的魔爪掐住了似的，連呼吸都感到困難；她想伸出手去，卻發現自己一點力氣也沒有，周身被一種從未有過的冰冷的寒意，深深地籠罩着。

我……是怎麼了？爸爸……！

玲玲努力回想着，方才自己不是在船上嗎，哦，是的，我們是去看放煙花……

爸爸的臉色蒼白，像是從很遠的地方走來似的，形單影隻，疲憊不堪。

玲玲，別怕……爸爸的聲音很微弱。他像是在安慰女兒，又像在自言自語，喃喃着，我該走了，該走了……

爸爸的眉頭緊鎖着，他的聲音從來沒有像現在這樣低沉過，像是有烏雲壓頂般的巨大苦痛，重重地鎖着他。爸爸擺了擺手，艱難地轉過身去。

爸爸……玲玲一急，拉住了爸爸的手。

爸爸的手好冷啊，他的衣服全濕透了。玲玲不由得打了一個冷顫。

爸爸回過頭來。玲玲看到，爸爸的眼睛裏充滿着不捨的淚水。

你要離開我們嗎，爸爸？

爸爸不語，淚水潸然而下。他指了指一旁的媽媽，轉

過身去。

爸爸……！

玲玲不明白，這是為什麼呀，爸爸不是說要給我慶祝生日的嗎，媽媽不是說要全家團聚的嗎，還有小弟弟，不是說要為我唱歌的嗎？為什麼，這兒這麼冷，這麼暗，還有，啊，剛才，剛才……

是的，剛才，就是在海上，一艘飛速而來的船，猛地撞向了我們……然後，是翻側的船，是呼嘯的海水，是來不及求救的哭喊聲……

然後，是沒頂的水。

好苦澀的海水啊，冰冷的……

玲玲記得夏日海灘旁那些美麗的往事，玲玲記得那些海浪，如何在風帆揚起時輕歌曼舞，玲玲還記得，相戀的爸媽映在相冊裏的年輕的倒影。

可是此刻，她來不及掙扎，來不及找爸爸媽媽，甚至來不及回頭。一切都好像變了，世界翻轉了，所有的人都落進了海裏。海像一隻張開大口的野獸，無情地吞噬一切。

一切都停止了。

只有天空的煙花，仍在瘋狂地舞着。

玲玲忽然感到哀傷。她是多麼迫不及待地想看煙花啊。哪怕那璀燦只是一時的虛張聲勢，但對她來說，也有着特別的意義，那是她九歲的生日啊。

可如今，她的生日與她一起，被拋入了冰冷的大海。

以後每一個這一天，都將是你媽媽心碎的日子。爸爸忽然説，跟她告別吧，玲玲。

爸爸的聲音好奇怪，玲玲聽不懂。

在玲玲的記憶裏，爸爸從不曾這樣冷冰冰地對她説話。他是個熱情洋溢的人，鄰里之間，誰不説他是個好好先生呢？

可這一回，他似乎硬是要走，可又似乎有口難言。

別走，好爸爸，即便是玲玲有錯……

不，你沒有錯，玲玲，是爸爸沒能保護你，你盡量留在媽媽身邊吧。

盡量？留在？什麼，爸爸？

爸爸的臉色越來越蒼白，他直直地望着玲玲，邁出去的腳步又收回來，他猶疑着，無限的不捨。

忽然，傳來一個聲音：「玲玲，你要勇敢，要堅強，要活過來呀！」

這是媽媽的哭聲。她的聲音透過冰冷的牆，傳到很遠很遠的地方。許多人聽到了，許多人趕來了。有鮮花，有留言，有電視談，有報紙說……

玲玲有一些感動。她聽到急促的腳步聲，有同學的，有老師的，還有姨姨姑姑的，還有許多許多不認識的人的。所有的人都在喊她的名字，叫她支撐下去。她真的想回應一聲，不回應是不禮貌的。可她的肺部好痛，她呼吸艱難，每一下都像整個生命都在努力。

生命啊！

媽媽，我已經作了最大努力了。

「玲玲，媽媽知道你辛苦，你爸爸已經走了，如果你

實在支撐不了，你就陪你的父親吧，媽媽不怪你……」媽媽哽咽的聲音，像沉沉的鼓錘，敲在玲玲的心上。

玲玲忽然知道，什麼叫傷心。母親內心的創痛啊，比大海更深。

一滴冰冷的淚水，從玲玲的眼角溢出，輕輕滾落在她的枕邊。

「玲玲的眼角有淚！」一個護士說。

「那是她在說話，是在跟她的媽媽說話。」一個婦人說。

「她快要醒來了吧？」一個小女孩說。

「……」

醫院內，是緊張的醫生與護理人員；醫院門外，是聚集的人羣。許多雙急切的眼睛在詢問，玲玲她怎麼樣了？她能救回來吧？總會有奇跡吧？

媽媽坐在玲玲的牀邊，玲玲的身上插着許多條管子。

「你痛嗎，玲玲？」幾天不見，媽媽憔悴了。

玲玲沒有回音。

「如果痛，你就哭一下吧……」媽媽的聲音顫微微的。

玲玲沒有哭，倒是媽媽先哭了。

咦，媽媽，你不是說過，堅強的人是不哭的嗎？你不

是說過，勇敢的人不只是在於衝鋒，也在於內心的堅守嗎？你不是說過，世事無常，我們要多珍惜每一天嗎？哦，媽媽，其實我是多麼想留下來，多麼想，真的……

我愛你，媽媽，也愛弟弟，也愛我的……爸爸。

遲暮的天空，沒有半點陽光。

涼風陰陰地，如遊絲般在草木間閒走。鳥兒不安地在林間鳴叫，混沌的河流遲疑着前行。

生命在焦慮中煎熬。

一顆細小的流星，從天空輕輕地滑過，不見了。

玲玲步出房間的時候，誰也沒有看到她。她是背着書包走的，牽着爸爸的手。她在門前的留言版前站了一會兒，隨後踮起小腳丫，從留言版上摘下一朵不知誰人製作的粉紅色小花。她喜歡粉紅色，那是屬於小女孩的顏色。她的臉蛋也是粉紅的，像抹了胭脂一樣好看。

作者補誌：

2012 年暑期前後，《星島日報》的年輕編輯找到我，邀我為《時事童話》欄目創作故事。我想，能令孩子們從熟悉時事，到進入聯想，由此引發閱讀的興趣，這的確是一種好的寫作嘗試。提筆時，正值發生 10 月 1 日國慶日的

沉船大事件，這件牽動全港每一個人的心靈的傷痛事件，也一樣擊痛了我的心。於是，我寫下了這篇《遲暮的海》。《星島日報》在兒童報上，分別用小標題《爸爸的手》、《虛幻的煙花》、《一滴冰冷的淚》、《粉紅色的女孩》連載刊出。這次選入本書，略去了小標題，使整個故事一氣呵成，有更好的閱讀效果。

天台上的流浪貓

陶陶：嫲嫲怎麼了

今天陶陶感到周身不舒服。

你別以為陶陶病了，不是。他的不舒服與身體無關，說出來，你可能會吃驚，因為他嫲嫲說，明天是世界末日！

陶陶不信有世界末日，但嫲嫲的話卻令他疑惑再三。陶陶與嫲嫲是有感情的，爸爸媽媽都在內地，他這個「雙非兒童」全靠嫲嫲來照顧，他怎能不聽嫲嫲的話呢。

但這幾天，嫲嫲像是變了一個人，整天外出，陶陶回家也不見她的影子，甚至連飯也忘了做。有一天，嫲嫲問陶陶餓了沒有，陶陶點點頭，嫲嫲卻神秘地笑起來，說她不餓，只靠望住太陽幾十分鐘，就不用吃飯了！

「望住太陽就夠了？」

「是啊是啊！多靈驗！」

嫲嫲說得激動起來，有點走火入魔的味道。陶陶擔心

地問：「嫲嫲你病了嗎？」

「你不信？」嫲嫲突然收住笑容，緊張地壓低聲音，「末日要來啦，陶陶！」

「什麼末日，嫲嫲你在説什麼？」

「就是 12 月 21 日，世界末日！到時候地球會黑三天，大災難要臨頭了！」

「什麼末日，黑三天……你説什麼？」陶陶的聲音發顫。

嫲嫲大概是怕嚇着孩子了，又像是想到了什麼事，她用一種類似憐憫的眼神看着陶陶：「我老啦，反正也活了幾十歲，可你才多大啊，就這樣到了末日，唉……」

嫲嫲的表情令陶陶更加害怕，他叫了一聲：

「嫲嫲……你怎麼啦？」

嫲嫲：令人吃驚的話

嫲嫲大概意識到什麼，沒再説下去。只提醒説：「反正，明天你不要上學了！」

不要上學？無緣無故曠課，是要給學校記過處分的！嫲嫲一向是個明理的人，怎會説出這番令人吃驚的話呢？

　　嫲嫲似乎覺得很難説服這個小孫子，但又不想小孫子蒙在鼓裏，於是就拉着陶陶坐下。她最近參加了一個什麼信徒會，説末日到了，趕快過羅湖橋去開一個保險箱，放置逃難用品，隨時北逃。

　　「末日到了，北逃可以避難？」陶陶疑惑道。

　　「是啊是啊。」

　　「嫲嫲説天要黑三天，那怎麼看得見路，找得到保險箱？」

　　嫲嫲愣了一下，説：「信徒會的人是這麼説的。」

　　陶陶覺得這個信徒會很奇怪，咦，報上説要提防騙子，嫲嫲一定是遇上騙子了！

　　陶陶這一説，嫲嫲有點生氣：「你這孩子，人家為什麼要騙人？」

　　是啊，人家為什麼要編出一堆謊話來騙人？陶陶也想不明白了。只聽得嫲嫲説：「反正，你明天不去學校了！我們過海關，要趕在末日前做足準備！」

　　「嫲嫲，明天我有英文科測試哦！」

　　「你這孩子……」

　　「嫲嫲，我肚子餓啦！」

　　嫲嫲連忙起身，沒多久，就從廚房端出了一大碗麵。

陶陶吃得很歡，因為他的確好餓。聽到嫲嫲喝湯的聲音，他忽然想起了什麼，抬頭問：「嫲嫲呀，你也餓啦？」

嫲嫲捧着麵碗，尷尬地笑了。

阿強：缺席的座位

陶陶一早來到學校，周圍沒有任何異樣。早會照開，晨讀課時，仍舊見到訓導主任嚴厲地巡視各個教室，一切秩序良好。

陶陶朝四圍一看，全班都坐滿了。只有一個位子空着，那是阿強坐的。下課鈴一響，陶陶跑上前去問老師。

「他家人說他病了。」老師答。

奇怪，昨天他還好好的！陶陶給阿強打電話。

聽到阿強的聲音，陶陶很高興，問：「聽說你病了？」

「唉，哪是病呢，是我媽不讓我上學。」

「為什麼？」原來阿強撒謊呀，陶陶不滿。

原來，阿強的媽媽要帶他進山去！還提及前幾天報上的一則新聞，有個宅男跳樓了，全是因為世界末日！

陶陶十分惶惑，嫲嫲糊塗了，難道阿強的媽媽也糊塗了？而那個跳樓的宅男又是怎麼回事？

一天的課都上得心神不定，也不知自己的英文科試卷是怎麼回答的。既然是世界末日，那上課有什麼用呢？嫲嫲為什麼會相信別人的話呢？如果真有末日，逃得了嗎？

陶陶很晚才回到家，嫲嫲煮好的飯陶陶沒有動，他感到自己真的病了，他沒有開燈，沮喪萬分。真有末日嗎，我會不會死呢？

第一次想到了「死」字，彷彿感到死亡離自己這麼近，陶陶想哭，他害怕起來，他想叫嫲嫲。他走上天台，看見四下燈火閃爍，附近有聖誕的歌聲，有電視聲。

人們都不知道死亡將近了嗎？

天台：會説話的流浪貓

「喵嗚。」

「誰？」陶陶嚇了一跳。

「是我。流浪貓。」

　　只見一隻渾身是傷的貓兒，蹲在牆角。

　　「你也害怕末日？」貓説。

　　陶陶覺得整顆心要跳出來：「末日……是真的嗎？明天？」

　　連流浪貓都説末日，這世界簡直要癲了。

　　「哼，末日？人類早就有末日了，豈是現在？」

　　陶陶呆住了。

　　「想想吧，你們是什麼東西，互相殘殺的有，爭島搶油的有，富的欺窮的，做官的宰做民的，還唱什麼聖誕歌，有幾個人真信上帝？信用卡才是你們的上帝，你們貪婪，狠毒。別的不説吧，欺侮小動物你們最能，以為這些不會説話的流浪貓，可以隨意虐殺，前天將我毒打一頓，還將我的一個小伙伴從高樓擲下……」貓兒突然哽咽起來。

　　陶陶被這斥責聲嚇呆了，不知道該如何是好。

　　「對不起……」陶陶喃喃道，「你受傷了嗎？」

　　「你們會關心我們流浪貓的死活嗎？」

　　「人類是有好人的……」陶陶不由得爭辯道。

　　貓不語了，望向天空。漆黑的夜空，一顆星也沒有。

　　「放心，沒有末日。所謂末日，只是你們人類自己造的孽。」貓説完，忽地不見了。

171

陶陶一整夜都沒睡好，流浪貓的話像錘子一樣，一直敲打着他的心……

早晨，燦爛的陽光透過窗簾，射進來了，那光亮比以往任何時候都強，都絢麗！

陶陶背起書包，朝學校跑去，他覺得自己突然長大了。

作者補誌：

這是繼《遲暮的海》之後，在《星島日報》上發表的又一篇時事童話。由於是給小學生閱讀，字數有規限，又以連載方式刊出，所以有一定挑戰性。想想吧，要在每 500 字為限的篇幅內，建構相對完整的內容，它是整個作品的一部分，每一部分有其連接性，讀來最好不是隔裂的，生澀的。所以，我在寫完整個作品後，又不斷地修改和潤色，務必使每部分在連接處自然過渡，而每部分都須有其內在的起承轉合，以令讀者產生閱讀的快感。將這個故事收入本書，我保留了原來的小標題，以使喜歡創作的小朋友參照閱讀。

散文篇

在海邊

你說，海是藍色的；我說，海是透明的。捧在手上，像一汪清泉；撒向天空，如冰涼的露珠。那些飄散的小水點啊，落在媽媽的髮髻上，就像綴上了銀亮亮的珍珠，多麼漂亮啊，媽媽！

踏着鬆鬆軟軟的沙土，細細地尋，哪兒是小螃蟹的家呢？海風像是感冒了，從我的臉頰旁一聲不吭地滑過。它穿過沙灘，跑過林子，飛到岩石那邊的沙堆旁。

那兒有一隻小船，被風的咳嗽聲，嚇了一跳，它蹦了一蹦，又閃了一閃，想趕快逃出繩纜。

看哪，西斜的太陽，把我的影子拽得又細又長。黃昏的天空，像被仙女的手指輕輕撥了一下，都來不及留意呢，瞬時間遠天就已染成了一片絢爛。

我赤足的小腳丫子呀，一粒粒的，濕濕的，沾滿了細細的沙土。

媽媽，今晚的夢中，我會乘一艘小船兒，飛去天邊嗎？

沙灘上的腳印

　　快來看呀，這是誰的小腳印？一行，又一行；一處，又一處。細細的，尖尖的，有圓又有扁。

　　是小螃蟹的嗎？是小海蝦嗎？還是天上迷路的星星，不小心打了個噴嚏，留下了，她美麗的掌紋？

　　沒有人告訴我，沒有人想明白。

　　「哦，小心呀！」一隻小海龜，慢悠悠地爬過來。小海龜摸了摸沙灘上的小腳印，神秘地朝我一笑，細聲説：

　　「哦，別吱聲哦，這可是我寄給媽媽的生日卡呀，千萬別碰壞啦！」

聽，那海聲

聽，那海聲，在很遠的地方，在很近的地方，似奏響的樂曲，像高亢的歌聲，在這兒，在那兒，在無邊無際的海面上，縈繞着你和我。

那是我的家呀！

我的家在港島，青的山，綠的城。彎彎的路，明亮的街，有序的車流，華美的光盞。

看呀，窗外的陽光金子一樣美麗，像是依着大海的肩膀，輕輕親吻着這安靜的城市。大海蘇醒了，喜悅染上了眉梢，她輕輕撩起霧的長裙，踩着風的旋律，翩然而舞。

嘩，嘩，嘩，那是大海快樂的歌聲呀。

媽媽，海姐姐，她總也不睡覺嗎？

小小螢火蟲

　　那是誰呀，在風中忽閃忽閃，照亮了我沙灘旁的小路？

　　月亮不見了，海風不見了，只有那盞神秘的小燈，點綴着我的暗夜下的天空。

　　哦，那是螢火蟲呀！

　　小小的螢火蟲，你飛得真輕盈，像舞蹈的小天使，又像飛旋的小畫家，你是在展示自己的舞姿呢，還是在描繪神秘的圖畫？

　　亮閃閃，光燦燦，一忽兒低，一忽兒高。螢火蟲你累不累，天晚了，你睏不睏？要是下雨了，你會躲到哪片葉子下？

　　螢火蟲不說話，悄悄地飛過來，輕輕地飛過去，像在為我尋找一個，仲夏夜的美麗的夢。

濕月亮

月亮從窗外探進來，把我看了又看。

為什麼，今夜的月色格外清，為什麼，此時的圓月特別亮？是因為忽拉拉下了一場爽朗的雨嗎，把月亮洗得白白又淨淨？

哦，濕月亮呀，濕月亮！

看，清亮的月光，像水一樣從門外溢進來，一直流進我的小屋。整個小房子，都浸在月亮柔美的光照下了。

伸出兩隻小手，我把月光捧在手心。

呀，清幽幽的月光呀，從手心，一直涼到我的腳底。

爸爸的手掌

太陽暖暖的，把冬天的山水抱在懷裏，一點也不怕冷。

坐在爸爸的膝蓋上，遠遠地看山，近近地看水，把臉伏在爸爸的胸膛，聽爸爸講故事。

爸爸的故事呀，比河裏的小魚多，比冬山裏的芒草兒密，永遠也説不完。

爸爸的大手掌，像一把太陽傘，把我暖暖地遮掩。喲，陽光呀，就從爸爸的手指縫裏，鑽進了我的眼簾。

紅紅的，透明的，是小河裏的水晶宮，還是大山中的玻璃城？爸爸的手掌呀，藏着多少故事呢？就像那細密的掌紋呀，數也數不清。

蘑菇花

今夜的風中，有青草的氣息飄浮。

月兒遊過雲層，忽明忽暗，像是與誰打着啞謎。明亮的小路伸展着纖纖細腰，唱着自己編織的歌兒，歡快地向前而去，奔往幽靜而神秘的遠山。

燈睡了，窗睡了，房屋睡了。

那森林裏的小動物們，是不是也都睡了？

飄着青草味的野草地上，是不是又開出一朵蘑菇花？

哦，那些小小的蘑菇花呀！

瞧，它們頂着圓腦袋，就像打着一把小洋傘。這兒一枝，那兒一羣：點着頭兒，晃着腰肢，圍着老樹爺爺，像在等着聽故事。

月兒從雲後亮出臉來，就像晶瑩剔透的明鏡，輝映着我的小窗。

媽媽，假如我打着小傘走過老樹旁，會不會，也變成一朵蘑菇花？

在碎石子的小路上

在海浪拍打着的堤岸裏，濃鬱的竹林正閱讀着晨曦。

有一條誰也沒有留意的碎石子小路，仍在寂寂地睡着。

小路彎彎曲曲，誰也不知道它在這兒躺了多久。它瘦瘦的，不肯説話，默默地像在等待着什麼。

就在碎石子小路的身旁，一羣杏黃色小花，不知何時從狹縫中搖搖晃晃地生長出來。一叢叢，細小嬌柔，燦燦然淘氣中帶着聰慧，悠悠哉頑皮中攜着靈氣，你挨着我，我擠着你，擺動腦袋旋轉身姿，就像在 T 台上走貓步的女郎，踩着風的節拍，載歌載舞。

停住步，不由得想多看一眼。山遠了，水遠了，一切都遠了，只有滿目淡淡的黃，柔柔的綠，風沙沙沙地吹哨子一般鼓動耳膜。

這是夕陽播下的種子嗎，還是夜風遣來的使者？沒有煩惱，也沒有憂傷，齊齊地仰着臉喃喃地唱呀，熱烈地揮着手搖呀搖──那開幕禮的飛人太眩目，那閉幕式的禮花太耀眼，而你呢，這一瞬已夠我心動。

快樂是真切的，不需向人證明；幸福是自足的，不用告知天下。你是那樣的滿足，安然，而且美麗──而我竟叫不出你的名字。

真是委屈了你。

我就那樣站着，被你小小的生命感動。

有一些宏論與偉大聯在一起，我卻意興索然；有一些平凡與微小繫在一起，卻令人為之動容。一些人為偉績豐功沽名釣譽，我則讚歎那些不曾屈服的卑賤生命──一代又一代。

所有的生靈都值得尊重。世界是一個平台，展現着所有的上帝所賜的生命。一如你，無名的小花。你是否知道，在一個清朗的早晨，你以微小之姿態，撥動了一個卑賤者的心弦。

小雪人

下雪啦，陽光下一片白茫茫！

在路旁，我堆起了一個雪人。

是真正的小雪人哪──瞧，紅鼻子，藍眼睛，不哭，只是笑。那圓圓的胖身子，多像隔壁家的二胖子，脖子上還繞着一條長圍巾，若再戴上一副大眼鏡，就像絕了那位教書的張先生！

我從屋裏跑出來，給小雪人看我手中的雪糕。

看呀，白的，好甜！

你吃嗎，小雪人？涼嗖嗖，軟又滑！

小雪人突然不笑了，眼睛瞪得圓溜溜，對我再也不理睬。

媽媽，小雪人為什麼生氣啦？

魚的車站

　　地鐵站的出口，像大鯨魚的嘴，把好多好多人吞進去，再把他們一羣一羣吐出來。

　　巴士是一條橫衝直撞的魚，貪食的胃口也不小。那小魚們一尾尾鑽進去，在魚肚子裏受不了委屈了，再一條條逃出來。

　　那的士就比較靈巧呀，一忽兒停，一忽兒走，跑在前，駛到後，剛把一尾小魚撂下，又咬住一條大胖魚。

　　媽媽在一旁，笑着說，那是不是一條挑食的魚呀？你瞧，它只揀喜歡的吃，長得瘦瘦的，不健康哩。

鶴魂

一

....

她是來自大地的鶴。她飛翔，因為她熱愛，她沉寂，因為她歡喜。她是天地間不安的靈魂，她是大自然耀動的精靈。

可此刻，飛翔已成為她往日的情節。藍天在她眼前飛快地旋轉，白雲在她羽毛上痛苦地翻捲。她的翅翼撲打着，發出悲慟的哀號。

胸前，剛剛穿過尋歡者射出的子彈。

二

....

她多麼不願意、多麼不願意下墜。風颼颼地在她耳邊低喚，白雲為她拭去驚慌的汗水。可她分明在下墜，身不由己。

讓她停留吧，讓她尋找清靜的湖泊、她故鄉的蘆葦叢。

遼闊的天空裏，她如一片冬日的雪花，淒迷地飄落。

薄雾哭了，泣出一片雨霧，陽光不忍了，躲進哀傷的雲層。

她開始懷念水湄之上的戀歌，思念平靜如鏡的往昔。哀傷伴着絕望撕扯着她的心，記憶如秋日殘敗的落葉，美麗的往事紛紛凋零。

三

她飄落着。

前面有燒毀的林木，身後是淹沒的村庄；山地裏奔走着哭泣的生靈，江面上飄浮着污染的泡沫。什麼時候開始，這天空不再湛藍，這雨水不再清潤，這土地越來越少，這森林越來越疏。辛勞的農人踩亮了每一個清晨，卻走不出貧困和不幸；珍禽奇獸躲過了悠緲的天災，卻未能躲過蠻野的人禍。

漸趨漸滅的難道僅僅是白鶴嗎？

她願最後一次輕盈地舞蹈，讓善良與美麗再一次呈現人間。持槍的人，你黠慧的眼睛為何合上，你的手心可曾顫慄？山腳旁炊煙下那驚呆了的女孩子，你可否肯豎一方小小的墓碑，憑弔一隻鶴的逝去？

她渴望停留，渴望一雙有力的臂彎，將她承托。

四

　　她苦痛，她掙扎，她舞蹈，她悲吟。

　　多想展開她的翅膀，飛向清新的天空。前胸已染成一片燦紅，浸透着一隻鶴深情的牽掛；鼻翼微微地翕動，喘出她最後的氣息。一滴滴血帶着她的悲咽與哀矜，燃成一片思念的紅霞。

　　她聽見草葉們傷悼的哭聲，聽見空山長長的祈禱：覆蓋她吧天空！還有大漠，還有沼澤。讓一朵柔弱而美麗的靈魂安息。

　　蒼茫大地，只遺下幾片殷紅，幾聲空悵的回音。

紅唇兒鴿子

（榮獲 1995 年冰心兒童文學新作獎）

那時候，所有的風景都沒有改變顏色，一切秩序仍如常進行，沒有預感，沒有準備。那時候我在走，地在走，天也在走。

我眼前有你的笑，笑聲格格，像一隻鴿子。

對，你就是一隻鴿子，美麗的小鴿子。

外婆說，你是一個小精靈，你太精靈。可是，小精靈就該消逝得如那電流、似那旋風嗎？

你最後朝我看一眼的時候，說：「姨姨，你偏心。」那陣子你要去陝西的老家，你開心地穿起紅衣裙。你總是說我偏心，你渴望好多好多的、沒有盡頭的愛呀！哥哥戴着眼鏡兒立在一旁說：茜茜，你瞧你！你格格地笑，笑渦裏藏着讓人猜不盡的小秘密。

「姨姨，我要告訴你一個秘密……不過……，以後吧！」你詭譎地朝我眨一眨眼，然後一笑。一顆顆小碎牙齒，珍珠粒兒似的，頭上頂着一朵蝴蝶結。

　　那個「以後」卻再沒有來。你怎麼就可以……沒有
了？

　　也許那天風太大，將你從窗口吹下去了，也許天上正
飛過一隻大鳥，牽上你的小手兒走了。你說要在學校裏值
日勞動，擦窗子。你說你是小組長，你說你比誰都小，但

你不願落後……可是，茜茜，你太小了，你知道嗎？你還不知道保護自己呀，媽媽不在身邊，你怎麼就可以從那窗口像小鳥一樣……飛出去了？姨姨不在你的身邊，哥哥說了要等你一起放學。

不，那不是真的，小鴿子，姨姨的小鴿子呀……

我不知道我的淚怎地就流不盡了，那時候我惟一可以做的，就是抱着電話筒拚命地哭，叫着你，喚着你，茜茜，你聽見了嗎？後來，我就看見你了。我乘着飛機一下子就飛到了你身邊。可是你不會笑了，會笑的照片掛在牆上，大大的，比任何一張我所見過的都大。黑白分明的輪廓，柔柔的微笑，對着我晃啊晃啊，哦，茜茜，你讓所有的人都在你面前……哭。

你抱着洋娃娃，揣着新書包，你知道你要走了，你要穿新衣服。最喜歡大姨姨從香港帶回來的活動小鉛筆、精靈美戰士文具盒，也給你悄悄兒捎上了。我又看見你長長的眉毛，彎彎的眼睛，還有那麼蒼白的……蒼白的臉。

我心裏面有一枚樹葉，飄呀飄呀，從窗口裏往外飄。

我心裏面有一隻小白鴿，飛呀飛呀，從窗口裏往外飛。

我心裏面有一葉小舟，游呀，游呀，從窗口裏往外游。

我心裏有一片雨呀，下呀，下呀，無盡，無頭……

　　其實我到現在都不相信你已經不在了，我這樣想着的時候，眼睛就直直地發澀。我不想你的時候，一切都是明媚的，想你的時候，天也哭，地也哭。疼你的哪裏只是你的媽媽呀，還有為你流不盡淚的外婆、外公，還有這千里之外的姨姨呀！現在你不會再說姨姨「偏心」了，你知道姨姨沒有了你，心已像玻璃片似地碎了。

　　也許現在你真的可以隨意地到處走走，可以小心地留意哪裏的窗口沒有架起銀閃閃的欄杆，勸告小朋友離它遠遠的，你會愛護她們，就像當初你那麼像小大人似地，當起了愛幫助人的小小值日生，告訴小朋友要愛清潔，過馬路要小心……

　　也許我永遠不知道你那沒有來得及告訴我的「小秘密」是什麼了，那麼，你會不會來我的夢中，告訴我？是那你將要獲得的「三級鋼琴證書」麼？還是你想在明年讀二年級時，再獲得一次「優秀生」？是你想跟着姨姨來香港海洋公園看海豚，還是要放飛一隻真正的、真正會飛的紅唇兒鴿子……

　　風聲，水聲，到處都有聲音，分不清來自何方，在我心裏嘩嘩兒響。

　　靜默的時光，靜默的心，手上的紙錢兒輕輕地飄。

　　沒有人知道此刻你在哪裏，沒有人肯記住你失落的時刻，沒有人告訴我你會不會再回來，也沒有人懂得勸説我如何將你忘卻……

　　我便依然相信你會回來了。在一個有風有鳥也有花香的季節，在一個有下山的太陽、上山的月亮，還有流水似的鋼琴聲的時分。那個時候，媽媽不再哭，外婆不再哭，姨姨也不再哭。那個時候，天上有許多小鳥兒飛，地上有許多小動物跑，門前院子裏的花圃中，一定會盪漾起許多稚嫩的兒歌，許多許多的笑聲、鬧聲，許多許多像你一樣的紅蘋果般的臉龐兒……

作者補誌：

　　這篇散文是為我的姨甥女茜茜而寫的，她在內地一所小學讀一年級時，在班級清潔擦窗子活動中，失足墮樓，逝年七歲。生命對於我們只有一次，那些日子，她的父母及我的父母皆以淚洗面，我痛苦莫名，無處可訴，隨以淚成文。創作過程中，我努力跳出個人情感，將情感的宣泄把握在有節度的抑制之內，寫着它，一是寄託我的哀思，二是寄望我們的孩子更多地受到保護。事實上，孩子既是社會的未來，也是我們自身存在的一部分。

人隨月色淨

（榮獲 2002 年中國散文詩協會
散文詩大賽二等獎）

太平山並不遠，就攔在港島的臂彎裏。一輪冰月高懸，映出山的輪廓。隔一灣海水望過去，那山野染上了今夜最誘人的月色。近處海風微盈，浪花拍打着堤岸，細細微微，像是怕擾了誰人的夢。沿着碼頭的長廊信步而去，對岸島上成羣的燈盞，閃閃忽忽，如無數隻頑皮的螢火蟲，飛擁而來，直鬧得人滿心歡喜。

我是在傍晚上山頂的。

坐上有古老情調的纜車，沿着山坡扶搖而上，不一會兒，就到了。沿曲曲彎彎的山道前行，嶙峋的山石上草木叢生，偶有荊柯暴露的根骨，儼然如鶴髮童顏的老翁，耐不住寂寞似地，欲與行人拉扯。轉過南山，不遠處忽然跳出一灣碧海，浩瀚淼遠。那些華美的別墅、漁港和公園，全在山彎下那濃密的綠蔭掩映之下，看不見了。眼下，極目以內全是海，那深心永不安寧的、深藍色的海。抬頭間，

清月高掛，映得山林明淨如洗。忽然覺得，人、海、雲、月，相距雖遙，卻因着這清輝下的無瑕無垢，因着那無聲無息的純粹的藍，彼此如此親近。近得可聽見海的呼息，可悟出月的涼意。好像舉手就驚飛了月，抬腳就嚇走了海。靜靜地，什麼也不說，那月似是有聲，海卻是無語，人竟癡癡地不肯前行了。

哦，怎可棄這心境，怎能拋這光華！

燈色與暮色齊來。那燈火熱鬧得誘人，像是誰在北山腳下撒了滿地的星，星羣中流動着五彩雲帶，鋪過來，溢過去。緩緩地，熱烈而執着，尋不着哪是雲帶之源，哪是星羣之根。月華下，隔着海峽，可以遠眺遙遙的九龍，那兒的燈河凝止着，彷彿在微顫中等候遲歸的伊人。不安，而且激動。

心撲撲地跳，為這純淨的時分，為這躁動不安的星的河流，為這熱烈而多情的城。歸途中，總掛着那山頂上吞吐的月、呼吸的海，還有那淨月下不肯棄離的心情。

附錄：韋婭主要的兒童文學原創作品

出版時間	作品名稱	出版社
1997	纖你的名字	獲益出版事業有限公司
1999	泉與少女	香港智匯語文培訓中心
2000	會飛的葉子	木棉樹出版社
2003	人隨月色淨	21 世紀人文出版社
2003	風兒輕輕吹	螢火蟲文化事業有限公司
2003	雲是天外來客	螢火蟲文化事業有限公司
2003	燈光描繪着城市	螢火蟲文化事業有限公司
2004	中三女生的心事	和平圖書有限公司
2004	女生手記	青桐社文化事業有限公司
2004	濕月亮	螢火蟲文化事業有限公司
2004	小女孩和紅狐狸的故事	螢火蟲文化事業有限公司
2005	新鮮壞女孩	和平圖書有限公司
2005	六樓A的四姐妹	青桐社文化事業有限公司
2005	班上來了個小長今	青桐社文化事業有限公司
2005	夏日的憂鬱	青桐社文化事業有限公司
2005	飛旋的夕陽	木棉樹出版社

2005	蟑螂王	和平圖書有限公司
2006	青澀夢工場	和平圖書有限公司
2006	籃球少女隊	青桐社文化事業有限公司
2006	季節的疼痛	青桐社文化事業有限公司
2006	青青少女心	青桐社文化事業有限公司
2006	三寶、流浪狗及菲比	和平圖書有限公司
2007	她們有一個約定	山邊出版社有限公司
2007	水瓶座少女	青桐社文化事業有限公司
2007	當車厘子迷上哈利波特	和平圖書有限公司
2007	輕狂少年時	青桐社文化事業有限公司
2007	我的班主任媽媽	青桐社文化事業有限公司
2007	會跑的燈光	現代教育研究社
2008	傷感暑期	青桐社文化事業有限公司
2008	兩個 Cute 女孩	山邊出版社有限公司
2008	頑皮的風	和平圖書有限公司
2008	當小螞蟻遇上大黃葉	亮光文化有限公司
2008	小戴維的萬聖節	和平圖書有限公司
2009	紅裙子公主	和平出版有限公司
2009	成長的煩惱	山邊出版社有限公司

2009	戲劇少女	亮光文化有限公司
2010	小鞋子，小辮子	天苑文化出版社
2011	來吧，成長的季候風	山邊出版社有限公司
2011	哦，媽媽	上海文化出版社
2012	風是男孩還是女孩	新蕾出版社
2012	長翅膀的夜	新雅文化事業有限公司
2013	蒲公英不說一語	重慶出版社

獲獎作品：

- 《走不出你的雨季》：榮獲 1994 年香港中文文學獎亞軍。

- 《失魂的季節》：榮獲 1994 年香港中文文學獎優異獎。

- 《紅唇兒鴿子》：榮獲 1995 年冰心兒童文學新作獎。

- 《美麗的叮叮湖》：榮獲 1996 年冰心兒童文學新作獎。

- 《以一隻鳥的姿態》：榮獲 1996 年香港青年文學獎季軍。

- 《墜葉飄香》：榮獲 1996 年香港青年文學獎季軍。

- 《黑餤》：榮獲 1997 年香港中文文學獎優異獎。

- 《人隨月色淨》：榮獲 2000 年中國散文詩協會散文詩大賽二等獎。

- 《會飛的葉子》：榮獲第六屆香港中文文學雙年獎兒童文學獎。

- 《班上來了個小長今》：榮獲 2005 年香港教育城「十本好讀」。

- 《中三女生的心事》：榮獲第十六屆「中學生好書龍虎榜」十本好書之一。

- 《蟑螂王》：榮獲第九屆香港中文文學雙年獎兒童文學獎。

- 《水瓶座少女》：榮獲第十九屆「中學生好書龍虎榜」十本好書之一。

- 《當車厘子迷上哈利波特》：榮獲香港第五屆「書叢榜」十本好書之一。